Jorge Edwards
Faustino

Quart*buch*

Jorge Edwards
Faustino
Roman

Aus dem chilenischen Spanisch
von Sabine Giersberg

Verlag Klaus Wagenbach   Berlin

Erster Teil

Alles in dieser Hölle ist Paradies...
Marquis de Sade

Auch wenn ich nicht weiß, ob sie mich für voll genommen haben und folglich auch nicht weiß, was mit mir geschehen wird, will ich die Zeit, die mir verbleibt, die sie oder das Schicksal oder was auch immer mir zugestehen, nutzen, um diese Geschichte zu erzählen. Ganz egal, was passiert ...
Fangen wir mit meinem Namen an, mein vollständiger Name lautet Faustino Joaquín Piedrabuena Ramírez. Meistens wurde ich Tito gerufen, ich hasse diesen Spitznamen, heute mehr denn je, und manchmal auch Piedrabuena oder Piedra, aber ich habe es geschafft, dass meine Freunde mich einfach Faustino nennen. Und was meine Geburt anbelangt: Ich wurde in Talca geboren, einen Block von der großen Plaza im Zentrum entfernt, in einem Haus mit drei Innenhöfen, und verbrachte meine Jugend und die Jahre der sogenannten Reife in Santiago de Chile.

Aufgrund des Putsches vom 11. September 1973 landete ich in Ostberlin im Asyl. Eigentlich war es eine Entscheidung meiner Partei, gefällt zwischen Baum und Borke, und mir als altgedientem, diszipliniertem Kämpfer blieb nichts anderes übrig, als mich ihr zu beugen. Ich konnte nur noch mit Asunta, meiner Tochter, telefonieren, die damals gerade zwölf geworden war, und ein paar Worte mit María Eduvigis, meiner Ex-Frau, wechseln, von der ich mich wegen doktrinärer, charakterlicher und aller möglichen Differenzen getrennt hatte, kurz bevor die Unidad Popular an die Macht kam. Es ärgerte mich sehr, dass ich sie aus einem Versteck anrufen musste, verfolgt, verängstigt, ich hatte die Hosen voll, um die Wahrheit zu sagen, während sie zweifellos begeistert den Tod Salvador Allendes feierte und die Korken knallen ließ, aber ich muss zugeben, an jenem Tag hielt sich María Eduvigis zurück. Sie war sogar feinfühlig, als wolle sie sich am anderen Ende der Leitung in ihrem Sieg großmütig zeigen. In einem wesentlichen Punkt war sie einer Meinung mit der Partei, mit der sie sonst nie einer Meinung war: dass es dringend angeraten war, einen Ozean und ein paar tausend Kilometer Distanz zwischen meine Person und die Schergen des neuen Regimes zu bringen. Zum einen war bekannt, dass man uns als Erste verfolgen würde, auch wenn wir nicht die Hauptverantwortlichen für das Desaster waren. Und in meinem Fall würde mir mein früherer Ruf als gutmütiger Kerl, seit Menschengedenken Herausgeber von Kulturbeilagen, als Kunstkritiker, als Mann, der von der Parteilinie abgewichen war und sich in einem verblendeten, häufig riskanten, fast als offener Konflikt mit den Genossen ausgetragenen Kampf für die künstlerische Avantgarde eingesetzt hatte, auch nichts nützen. Diese Pluspunkte waren nämlich in den stürmischsten Monaten der Unidad Popular durch eine ungeahnte pamphletische Ader, durch einen frechen, verleumderischen Teufel ausgelöscht worden, der im Schutz der verbalen Attacken in mir erwacht war, die in jenen Tagen in der Presse oder in den Medien, wie es jetzt heißt, vorherrschten. Es wird genug Opfer meiner spöttischen Seitenhiebe geben, die es mir jetzt nach dem 11. heimzahlen oder mich zumindest leiden lassen wollen. Warum sollte ich mich den Demütigungen oder gar noch Schlimmerem, das ich mir gar nicht ausmalen wollte, aussetzen?

Wer vorsichtig lebt wie ein Hasenfuß, der wird uralt, murmelte ich, als ich über die Türschwelle der Israelischen Botschaft trat. Warum die Israelische Botschaft? Eine Frage geistiger Trägheit und Distanz. Auf dem Weg von meiner Wohnung zum Taxistand kam ich immer an dem Gebäude mit dem talmudischen Emblem über dem Tor vorbei, und ich hatte noch aus den Zeiten der Verfolgung durch die Nazis vage Sympathien für Israel. Nachdem meine Parteigenossen beschlossen hatten, dass ich Asyl suchen sollte, kritisierten sie diese Wahl streng. Ob ich denn nicht wisse, dass Israel heutzutage einer der größten Feinde der Sowjetunion sei, die Wiege und die Verkörperung des reaktionären Zionismus, und dass die Botschaft in Santiago ausdrücklich Anweisung habe, niemandem Asyl zu gewähren? Wenn ich glaubte, dass ich gelegen käme, sei ich auf dem Holzweg.

Der Beamte, der meinen Fall bearbeitete, im Grunde ein liebenswürdiger Mann, wollte so schnell wie möglich seine Hände in Unschuld waschen, so wie sein alter Bekannter Pontius Pilatus. Er gab mir verworrene Erklärungen, er sprach wie ein Winkeladvokat. Als neuer, in seiner Existenz bedrohter Staat, habe Israel in Asylfragen keine Erfahrung; es habe zudem die entsprechenden internationalen Vereinbarungen noch nicht unterzeichnet; es könne sich kein Verhalten erlauben, das später antisemitische Haltungen rechtfertige und so weiter und so fort. Mexiko komme in Frage, aber soweit er informiert sei, stehe Mexiko kurz davor, die diplomatischen Beziehungen zu Chile abzubrechen. Warum nicht ein Land wie Italien? Von dort aus könne ich weiter nach Moskau, nach Berlin, nach Kuba reisen, wohin ich wollte. Seinetwegen auch nach Kotschinchina.

Mit Italien war ich einverstanden, ich wäre mit jedem Land einverstanden gewesen, aber wie sollte ich jetzt dieses Gebäude, israelisches Staatsgebiet, verlassen, ohne Gefahr zu laufen, an der Tür verhaftet zu werden? Der Angestellte sagte, seine italienischen Kollegen hätten, überrollt von einer plötzlichen Lawine Asylsuchender, um Decken und Matratzen gebeten.

»Wir machen eine solidarische Aktion«, fasste er mit etwas düsterer Ironie zusammen.

Eine Stunde später stieg ich aus einem Lieferwagen, geduldig beobachtet von zwei bis an die Zähne bewaffneten Carabinieri, trug ein paar Matratzen durch einen im Renaissancestil angelegten Garten und hatte das Gefühl, meine linkischen Bewegungen, das gequälte Gesicht und meine zögerlichen Schritte verrieten mich meilenweit. Ich betrat die Räume, die flugs in Lager umgewandelt worden waren. Eine Sekunde, bevor meine Beine einknickten, ließ ich keuchend die Matratzen fallen und warf mich mit pochendem Herzen und feuchten Augen in einen Sessel. Wenn ich mich in meinem Exil daran erinnere, falle ich immer noch keuchend und mit pochendem Herzen in diesen Sessel. Ein Italiener fragte mich irgendetwas von der Tür aus, und ein Freund, der sich auch dorthin geflüchtet hatte, erkannte mich, drückte mich an sich und schmiegte seine klebrigen Wangen an meine.

»Faustinito! Piedrita, altes Haus!«

Man musste Wochen und Monate auf den Passierschein warten in diesen Räumen, die einmal wie in Versailles und jetzt Vorzimmer zur Hölle waren, mit dreckigen Matratzen, überquellenden Aschenbechern, Schlangen vor dem Bad, und am Ende der Reise, nachdem ich durch alle Fegefeuer gegangen war, landete ich in Berlin – Ostberlin, versteht sich.

Das heißt, ich landete in einer Art Limbus. Ich muss gestehen, in den ersten Tagen langweilte ich mich wie ein Verurteilter. Ich litt unter der deutschen Disziplin, wo die Bürokratie der Partei in ihrem Element war, wo sie aufblühte, wenn man so will, ich litt unter dem grauschwarzen Nebel, der Polarkälte, dem ungenießbaren Essen, den realistischen Malern, der Enge der Behausungen. Es kam mir so vor, als wäre das Alltagsleben von einer unsäglichen, beklemmenden Traurigkeit durchtränkt, die stärker war als alle Argumente. Ich bin dafür nicht geschaffen, sagte ich mir immer wieder und schaute von meinem Sitz im Bus mit einem schmerzlichen Lächeln auf die gleichförmigen Plattenbauten, die Betonflächen, die Denkmäler der Helden mit ihren Bronzegesichtern von der Größe eines Hauses, die Hände zur Faust geballt und in die Zukunft gereckt. Die Beklemmung war so stark, dass ich in meiner Naivität alles Norberto Fuenzalida, Chico Fuenzalida, beichtete, ohne Rücksicht auf die Folgen.

Chico war ein paar Monate in einem Lager in Tejas Verdes gewesen, wo man seine Hoden unter Strom gesetzt und ihn um ein Fußballfeld hatte laufen lassen, während ihm ein dressierter Hund in die Fersen biss, Erfahrungen, über die er nicht gern sprach, und er war einer von denen, die auf dem Rollfeld von Schönefeld, dem Flughafen Ostberlins, bei meiner Ankunft aus Rom auf mich warteten. In unserer Jugendzeit in Talca waren wir unzertrennlich und auch später in Santiago, an der Juristischen Fakultät und in der Zelle der Partei, zu der er mich mitnahm für die sogenannte ›Feinarbeit‹ – eine Feinarbeit in jeglicher Hinsicht. Obwohl wir uns vertrauten, wurde er ungeduldig, wenn ich ihm gegenüber meine Schwächen offenbarte, meine bürgerlichen Schwächen, wie er sie halb im Scherz halb im Ernst, aber im Grunde doch mehr ernst, bezeichnete.

Ich sprach mich also bei ihm aus, wohlwissend, dass er viel hartgesottener war als ich, er war nicht in den großen Häusern um die Plaza aufgewachsen, die in den Jahren landwirtschaftlicher Blüte errichtet worden waren, und er gab mir eine Antwort, die mich umhaute:

»Ich bin auch nicht dafür geschaffen! Da bist du nicht der

Einzige… Man muss in den sauren Apfel beißen. Oder was sollen wir sonst tun? Uns vor den Zug werfen?«

»Schon… Aber…«

»Nichts aber!«, erwiderte er schnell wie ein Maschinengewehr, so wie man es von ihm kannte. »Denk an die, die noch in Cuatro Álamos sind. Und an die unter der Erde. Wir haben verdammtes Glück gehabt!«

Dieser Dialog fand am Zugang zum Alexanderplatz statt, an einem Tag, an dem die Kälte unseres ersten Winters im Exil nachgelassen hatte, vor einer Landschaft aus Gerüsten, LKWs, in die Leere hochgezogenen Bauten. Wie ironisch doch das Schicksal ist!, sagte ich zu mir. Und wie wechselhaft! Was man überhaupt alles Schicksal nennt!

In den ersten Jahren sind wir selten nach drüben gefahren, nach Westberlin oder in den Westen, wie wir es bald nannten. Nicht mehr als drei oder vier Mal, immer mit großen Vorbereitungen, vagen Erwartungen und mit ziemlich viel Argwohn, als hätten wir die Propaganda auf unserer Seite wörtlich genommen. Nach einiger Zeit wurden unsere Besuche entspannter, weniger ängstlich, obwohl wir immer auf dasselbe Hindernis stießen: den Mangel an kapitalistischem Geld. Die möglichen angenehmen Seiten des Lebens im Osten, die Chico hartnäckig und stupide bei allen möglichen Gelegenheiten hervorhob, konnte ich durch diese verfluchte Beschränkung einfach nicht sehen. Immer wenn ein Genosse aus dem Westen, ein Sozialist, ein MAPU-Anhänger, ein Radikaler aus seiner Brieftasche einen Hundertmarkschein zog und ihn auf den Tisch legte, hatte ich das Gefühl, er mache sich über uns lustig. Auch wenn er dabei keine Miene verzog. Und auch wenn er mit dem Wort Revolution gurgelte. Zähl kein Geld vor den Armen, Genosse, hätte ich ihn am liebsten gebeten.

»Schließlich und endlich«, sagte ich bei der letzten Reise,

vor ein paar Wochen, als wir schon die Mauer passiert hatten und mit der U-Bahn in den Bahnhof Kurfürstendamm einfuhren, »werden wir in der DDR, so schlecht sie auch sein mag, wie angesehene Persönlichkeiten behandelt, wir werden zu festlichen Anlässen mit dem Auto abgeholt, bekommen Eintrittskarten für Konzerte, Einladungen in solidarische Botschaften; hier hingegen, im Kapitalismus, in dem wir geboren wurden und aufwuchsen, sind wir arme Tropfe.«

Chico Fuenzalida sah mich mit krauser Nase an. Als wollte er sagen: Von was für einem Kapitalismus redest du? Und er hatte nicht Unrecht. Meine nachhaltigsten Erinnerungen waren eher ländlich, primitiv: Glockenschläge am Nachmittag, erregte Stimmen an der Theke des Clubs von Talca, der Duft der Früchte aus dem Garten hinter dem dritten Hof, in der Nähe des Hühner- und Kaninchenstalls, sodass sich dieses Aroma mit dem Gestank vom Kot der grauen Kaninchen und der unterschiedlichen Hühner vermischte, Leghorn, Castellanas, alle möglichen. Vielleicht war da noch ein Bauer zu Pferd an der Mündung des Maule, inmitten von Gischt und Wind, dem Wind, der die schrillen Schreie der Möwen weitertrug und schluckte.

Wir gingen nach oben und wurden von einem launigen Lüftchen und einem mehr oder weniger feierlichen Hin und Her empfangen, nicht inmitten der Einsamkeit am Maule, sondern inmitten von Autos, Menschenmengen, Schaufenstern. Das ist echter Kapitalismus, dachte ich, während wir einen Tisch an der Straße besetzten. An der Nordseite des Kudamms, der Prachtstraße mit dem legendären, widersprüchlichen Ruf, ging mit Riesenschritten eine junge Frau mit giftgrünem Irokesenschnitt, Walkürenschenkeln und wogenden Brüsten, die auf der Plaza von Talca ein Erdbeben der Kategorie sieben ausgelöst hätten.

»Hast du gesehen?«, fragte ich Chico und fügte angesichts seines mürrischen Schweigens, das, wie ich wusste, eher das Ergebnis von Disziplin als von Gleichgültigkeit war, hinzu: »Es gibt aus doktrinärer Sicht keinerlei Widerspruch, sich an der Betrachtung der Welt, am Schauspiel des Universums in all seiner Bandbreite und seinem Reichtum zu erfreuen und gleichzeitig ein guter Kommunist zu sein.«

»Keinen«, stimmte Chico zu und wand sich dabei in seinem Stuhl, als habe er einen Löffel Abführmittel zu sich genommen. »Nicht den geringsten.«

»Und?«

»Und was?«, fragte Chico.

»Nichts!«

Ich wandte mich ab, ich wollte nicht mehr in dieses miesepetrige Gesicht schauen, und da sah ich aus den Augenwinkeln heraus einen Mann mit brauner Haut, einem Hut mit breiter Krempe, riesigen schwarz-weißen Schuhen, schwarzer Hose, weißem Jackett und türkisfarbenem Hemd mit langem, spitz auslaufendem Kragen. Er trug mehrere Metallketten auf der behaarten Brust und eine Stahluhr am Handgelenk, übersät mit Uhrzeigern und Zifferblättern in verschiedenen Farben und Größen. Das Seltsame ist, dass sein dunkles, so gar nicht deutsches Gesicht, ein Gesicht aus dem Süden Europas oder noch südlicheren Gefilden, mir bekannt vorkam, noch dazu bekannt aus fernen Zeiten, als ich noch Student war, auch wenn er jetzt diese verrückten Klamotten trug, die im Chile meiner Jugend absolut unvorstellbar gewesen wären, wo all die, die keine Lumpen anhatten, marineblaue Anzüge oder graue Nadelstreifen trugen.

Chico Fuenzalida musste diese Reise in den anderen Teil der Stadt nutzen, um jemanden anzurufen. Es sei ein politischer Auftrag, erklärte er mir, und ich sagte mir, seit Chico im

Innenhof der Juristischen Fakultät mit dem *Kommunistischen Manifest* als Novum anrückte und wenig später mit den gesammelten Gedichten von Pablo de Rokha, einem schwarzgebundenen Band, schwer wie ein Stein, hatte er nie aufgehört, politische Aufträge zu erfüllen. Er hatte die Politik im Blut, in seinem gelblichen Augapfel. »Entweder du bist ernsthaft bei der Sache, oder du verkriechst dich in deiner Höhle«, lautete sein Argument, und er sah mich eindringlich an, mit dem offenkundigen Verdacht, ich, Opfer meiner Schwächen, meiner tief verwurzelten Atavismen, würde die Sache nicht wichtig genug nehmen.

Da merkte ich, dass die schwarze Seidenhose, das weiße Jackett, das leuchtend blaue Hemd mit den eingerollten Spitzen und die Uhr voller Zifferblätter direkt vor meiner Nase standen.

»Haben wir uns nicht schon einmal gesehen?«
»Ich glaube ja, aber wo? Sie sind nicht zufällig aus Talca?«
»Nein«, sagte der Mann, der nach neuer Kleidung und teurem Parfum roch. »Ich bin nicht aus Talca. Aber, jetzt, wo ich darüber nachdenke, kommt es mir so vor, als hätte ich Sie schon einmal bei Veranstaltungen der Unidad Popular gesehen.«

Ich sagte nichts. Ich beschränkte mich darauf, das Funkeln seines silbrig glänzenden Jacketts zu betrachten.

»Oder irre ich mich? Waren Sie nicht Mitglied in der Kommunistischen Partei?«

Ich schaute instinktiv zu den Nachbartischen hinüber und zuckte mit den Achseln. Ich hob die rechte Hand in die Luft, als Zeichen meiner Ohnmacht. Wir würden das Thema doch nicht auf einer der Prachtstraßen des Kapitalismus mit einem parfümierten, in teuren Stoff gekleideten Unbekannten diskutieren!

Mit einem ungemein seltsamen Akzent, bei dem die Aussprache, wohl aus dem Norden Chiles, unvorhergesehene Formen der Sublimation erreicht hatte, erklärte er, er sei während der Ära der Unidad Popular in einer Haushaltsgerätefabrik Inspekteur gewesen, schon vorher, im Norden, habe er es zum Mechaniker gebracht und sogar an einer Hochschule Ingenieurswissenschaften studiert. Er war sich sicher, mich mehr als einmal gesehen zu haben; ich meinerseits war das auch, und zwar nicht nur, ihn gesehen zu haben, sondern ihn auch getroffen und mit ihm ein paar Worte gewechselt zu haben, doch unter welchen Umständen, wann...?

»Und wo leben Sie, Genosse?«

Den ›Genossen‹ fand ich geschmacklos und, offen gesagt, fehl am Platz. Schließlich hatte noch keine förmliche Vorstellung stattgefunden, und die Zweifel waren noch lange nicht ausgeräumt. Aber ohne zu wissen, warum, vielleicht aufgrund dieser Unvorsichtigkeit, die Chico mir regelmäßig vorwarf, antwortete ich:

»Im Osten. Und Sie?«

»Ich lebe im Westen. Aber ich fahre oft zu Besuch auf die andere Seite. Viele Genossen dort kennen mich sehr gut, so gut, würde ich sagen, wie die hier. Fragen Sie sie nach Canales, Apolinario Canales.«

Er zog aus der Innentasche seines Jacketts eine dicke Visitenkarte mit gotischen Lettern heraus, auf der nur der Tauf- und der erste Nachname stand, ohne Anschrift, und er hatte noch die Muße zu erzählen, dass er Chile 75 verlassen hatte, nachdem er ein Jahr in Cuatro Álamos gewesen war. Er bat mich um eine Telefonnummer, wo er mich in Ostberlin erreichen konnte. Ich zögerte wieder, verwirrt, mit dieser Art von Verwirrung, die Chico so viel Gesprächsstoff bot und die man mir mehr als einmal in der Zelle vorgeworfen hatte, und da ertappte ich mich auch schon dabei, wie ich, ohne zu wissen wie, dem Mann im Seidenanzug meine kompletten Daten diktierte, meine Adresse an einer der Kreuzungen in Treptow und meine Telefonnummer.

»Ich würde Sie gern einladen, um Ihnen ein paar Dinge zu zeigen.«

»Was wollen Sie mir denn zeigen?«

»Dinge von dieser Seite. Kennen Sie sich hier aus?«

»Nun, nicht sehr gut.«

»Na dann! Ich biete Ihnen an, Ihnen ein paar interessante Sachen zu zeigen, Genosse Piedrabuena.«

Ich wollte ihn fragen, warum, wozu, aber genau in dem Moment winkte ihm eine Blondine vom Bürgersteig aus zu, eingehüllt in etwas, das aussah wie ein Anzug aus Leopardenfell, über und über behängt mit Goldketten und -armbändern, und er verabschiedete sich hastig und versicherte mir, er werde mich bestimmt anrufen.

»Mit wem hast du da gesprochen?«, fragte Chico, der gerade von seinem famosen Auftrag zurückkam.

»Mit niemandem.«

»Wie, mit niemandem?«

»Ein Mann hat mich nach dem Weg gefragt«, sagte ich, überzeugt, dass er in seinem Leben noch nie von einem Apolinario Canales gehört hatte, und ich schaute in die andere Richtung, denn hätte er meinen Gesichtsausdruck gesehen, hätte er sofort bemerkt, dass ich lüge. Ich war immer schlecht im Verbergen. Aber als wir die Rechnung bezahlten, wurde mir klar, dass er argwöhnisch war, mir nicht glaubte, auch wenn es ihm schwergefallen wäre, sich vorzustellen, dass ein in Seide und billigen Schmuck gehüllter Mann in Begleitung eines riesigen blonden Leoparden sich umständlich an mich herangemacht hatte. Das hatte weder Hand noch Fuß. Auf jeden Fall war ich, der ich mich nie getraut hatte, Chico Fuenzalida, meinen Mentor, meinen Lehrmeister im Leben und in der Politik, meinen Gefährten bei so vielen Abenteuern anzulügen, jetzt froh, es getan zu haben, mir etwas Privatsphäre bewahrt zu haben, einen Raum, in dem sich wie ein Schatten auf einer Wand das Profil dieser umwerfenden Blondine neben der Gestalt mit Hut abzeichnete, neben diesem unglaublichen Nordchilenen mit der kosmopolitischen Ausdrucksweise und dem unglaubwürdigen Gesichtsausdruck.

Und so spiegelten sich auf der einen Seite diese extravaganten Gestalten, diese blendenden Erscheinungen, diese beweglichen Marionetten mit ihren breitkrempigen Hüten, den angemalten Augen, ihren ausladenden Gesten, ihrem Schmuck aus Plastik oder wertvollen Materialien, wer wusste das schon, und auf der anderen Seite gab es eine farblose Oberfläche, einen aseptischen Raum, Überwachungshäuschen, Stacheldrahtzäune, paarweise herumlaufende Soldaten, Wachhunde.

»Man muss den Sozialismus verteidigen«, sagte Chico ständig, kaute an einem Schinkentoast mit dem immergleichen Schinken und stimmte ihm natürlich zu.

Ich war alleinstehend, geschieden und jetzt wieder alleinstehend, mit Betonung auf allein. Ich hatte mich mit einer Musiklehrerin angefreundet, einer Frau, die durchaus noch attraktiv war, aber immer wenn die Stunde näher rückte, zu der wir verabredet waren, rief sie an, um mir zu sagen, sie sei erschöpft, die vielen Stunden, die Brutalität der Schüler, die Luftverschmutzung ... Kurzum, zu müde, um irgendwohin zu gehen. Weil die Ausflüchte der Lehrerin, ihre kosmische Müdigkeit, mehr oder weniger vorhersehbar waren, fragten die anderen Exilanten, ob ich sturmfreie Bude hätte und schneiten bei mir herein, kamen in mein Loch, um, sagen wir, ein paar Partien Bridge zu spielen und ein paar Gläser Wein oder Bier oder sonstigen Alkohol zu trinken. Ich hatte Glück mit meiner Bude gehabt, Glück und ein geschicktes Händchen, eine Kombination, die man überall braucht, machen wir uns nichts vor, in der Gesellschaft der Zukunft, mit ihren schnurgeraden Alleen und den viereckigen Häusern, und in der leichenhaften Vergangenheit. Das Glück drückte sich für mich in fünfzehn oder zwanzig Quadratmetern mehr als üblich aus, in einem Bad mit moderner Dusche und warmem Wasser, einem subventionierten Telefon, das mir eine bescheidene Anzahl von Ferngesprächen ermöglichte, und zwei Fenstern mit Balkonen über den Baumkronen eines kleinen Platzes. Was wollte ich mehr!

Wie auch immer, wir hatten gerade eine Partie beendet, zählten die Punkte und tranken Bier, als schrill, fast alarmierend das Telefon läutete. Zum Glück steht der Apparat in der Küche, sagte ich zu mir, denn ich hatte so eine Ahnung gehabt, und die wurde, als ich abnahm, rundweg bestätigt: Es war die affektierte Stimme mit diesem Akzent aus Iquique, aus Antofagasta, in einer seltsamen mitteleuropäischen Mixtur. Die Stimme oder vielmehr ihr Besitzer, um genau zu sein, lud mich ein, einen Tag auf seine Kosten im Westen zu verbringen. Ich erinnere mich ganz genau: einen Tag. Er schlug vor, dass wir uns um elf oder um zwölf oder um eins, wann es mir beliebte, im Café am Kudamm treffen sollten, in demselben Café, in dem wir uns zufällig über den Weg gelaufen waren, an irgendeinem Tag der folgenden Woche, der mir am besten passte. Schnell fiel mir ein, dass mein Schutzengel oder mein persönlicher Verbindungsoffizier, wie man will, am Mittwoch nicht aus dem Haus konnte, also schlug ich Mittwoch vor. Mittwoch um Punkt zwölf.

»Brauchst du etwas von hier?«, fragte ich, zum Du übergehend, denn ich hatte mein Alibi schon vorbereitet.

»Nein, nichts«, sagte die Stimme, und ich dachte mir, dieser Mann in den Seidenklamotten brauchte zweifellos nichts, zumindest nichts, was ich ihm anbieten könnte, es sei denn, er würde von erbarmungslosen Mächten verfolgt und fühlte sich bedrängt, und der Anruf wäre ein verzweifelter Hilferuf, eine Suche nach dem rettenden Strohhalm ... In was für ein Wespennest begab ich mich hier nur? Ich war kurz davor, die Verabredung abzusagen und Chico alles zu erzählen, der, wie man schon ahnen wird, einer der Stammgäste bei diesen Treffen war, aber als ich an den Spieltisch zurückkehrte, lösten seine aufmerksamen Ohren, das kalte Blitzen seiner Brillengläser exakt die gegenteilige Reaktion in mir aus. Ich nahm mir vor, ihm kein Sterbenswörtchen zu sagen und das Abenteuer bis in die letzten Konsequenzen fortzusetzen. Ich bin eine sonderbare Mischung: ein apathischer Abenteurer, der sich nicht hinauswagt, weil man die Spuren nicht mehr erkennen kann. Jetzt tat sich ein Weg auf, und ich würde ihn gehen, ohne allzu lange nachzudenken.

»Wer war das?«, fragte Chico.

»Der Negro Huerta.«

Huerta ist ein ehemaliger Journalist unserer linken Presse, ein Kampfreporter, der sich im Westen seinen Lebensunterhalt als Zeitungsausträger verdienen muss. Berufe, die miteinander zu tun haben, wie man erkennen kann.

»Der Negro Huerta? Um diese Uhrzeit?«

»Um diese Uhrzeit klappen die Verbindungen besser«, erwiderte ich mit fast erhabener Gleichgültigkeit.

»Und was wollte der Negro jetzt um diese Zeit von dir?«

Das Verhör wurde langsam unangenehm, auch für die anderen Teilnehmer dieser Spielrunde, Carlos Pavez, Mitglied

des wenig originellen Stammes der Soziologen, und ein professioneller Psychologe, Vladimir Valderrama, Sohn von Kameraden der alten Garde, der zu Ehren von Lenin, Wladimir Iljitsch Uljanow, so getauft worden war...
»Nichts Besonderes«, antwortete ich. »Er will sich bei meiner nächsten Reise nach drüben mit mir treffen, um ein wenig zu plaudern. Bedürfnis nach Gesellschaft.«
»Wie seltsam!«, rief Chico aus.
»Was ist daran seltsam?«
»Seltsam!«, beharrte er.
Chico Fuenzalida war hart, hart wie eine große Ameise aus bewehrtem Beton, und er hatte außerdem diese Stahllanzen in den Augen. Pavez schaltete, vielleicht um das Thema zu wechseln, Radio Moskau ein, *Hör zu, Chile* hieß das Programm, und wir erfuhren, dass die chilenischen Patrioten, so wurden sie von Radio Moskau genannt, wieder auf den Straßen demonstriert hatten und von Schüssen, Wasserwerfern, die Wasser vermischt mit Exkrementen ausspuckten, und Tränengasbomben vertrieben worden waren, die einen kriminellen chemischen Stoff enthielten. Aber die Massenbewegung befinde sich nach wie vor in einem nicht niederzuschlagenden Aufwind, und die Stunden der proimperialistischen faschistischen Diktatur seien gezählt.
»Das glaube ich nicht«, sagte ich und machte eine Kopfbewegung in Richtung Radio, mit zusammengekniffenen Lippen, in dem Wissen, dass ich Chico, Vladimir und den Soziologen damit ärgerte, und ich verspürte so eine unwiderstehliche Lust, sie zu ärgern, sie auf die Palme zu bringen.
»Vorsicht!«, erwiderte Vladimir. »Das Blatt wird sich bald wenden.«
Ich mischte die Karten mit einer Art rasender Fingerfertigkeit, sehr konzentriert, und dachte bei mir, die ungehobelten

Polizisten, die hordenweise in die Straßen des Zentrums geschickt werden, würden nicht zögern, einen echten Piedrabuena de Talca, Nachfahre der Piedrabuena de Talca, die Mitte des 17. Jahrhunderts mit Pergamenten und Adelstiteln aus dem alten Kastilien beladen vom Vizekönigreich Peru aus nach Chile gelangt waren, mit Pisse und Scheiße zu bespritzen. Ich mischte und erinnerte mich an einen Bruder meines Großvaters, der in seinem Schaukelstuhl solche Dinge im Flur des ersten Innenhofs erzählte, er hatte einen üppigen Bart und trug ein Tuch aus Vikunjagarn über den Schultern, ein tabakfarbenes Tuch, das schon halb zerfasert war. Titel aus Kastilien und Stapel unbezahlter Rechnungen auf dem Tischchen am Eingang, neben dem Schirmständer. Da ist nichts zu machen!, rief mein Vater wütend aus und steckte sich einen Zahnstocher in den Mund, bis ich eines Tages aus der Schule kam und er verschwunden war. Meine Mutter schluchzte in einem abgedunkelten Zimmer vor sich hin, während die Nachbarin mit Wannen voll warmem Wasser und Kartoffelschalen hereinkam, die sich Mutter auf die Schläfen legen sollte, um die Schmerzen, die Qual, zu lindern.

»Seltsam!«, sagte ich.

»Was erscheint dir so seltsam?«

»Nichts.«

»Was soll das heißen, nichts?«

»Nichts!«, wiederholte ich, und ich glaube, bei dieser zweiten Antwort pfiff meine Stimme vor Zorn, vor blankem Zorn.

»Verdammt!«, schrie er und stand auf, puterrot und mit aufgerichtetem Haar wie die Borsten eines Gürteltiers. »Er spricht mit sich selbst! Er spricht am Telefon mit Gespenstern! Und das Einzige, was er zu all dem zu sagen hat, ist ›nichts‹. Nichts! Nichts!«

Die anderen, der Soziologe und der Psychologe, forderten ihn, ohne von ihren Karten aufzublicken, auf, sich zu beruhigen. Chico hatte sich übertrieben aufgeregt, er war außer sich, und es sah so aus, als bekäme er gleich einen epileptischen Anfall oder einen Schlag.

»Das Exil hat eine kumulative, schleichende Wirkung«, bemerkte Vladimir, »nach Jahren zeigen sich krankhafte Symptome, Gespenster; Gespenster, die sich in unserem Hirn festsetzen und durch seine Windungen und Gänge spazieren ...«

Vladimir Valderrama, unser Psychologe, war ein Freund geblümter Hemden und feiner Redewendungen, und er trug einen sorgfältig gepflegten Schnäuzer, wie ein Vorstadtgalan. Nach seiner Bemerkung entstand eine nachdenkliche Pause. Man hörte nur das Geräusch der Gläser und der im Aschenbecher ausgedrückten Zigaretten. Es gab eine Zeit, ganz am Anfang, da hatten wir Schüsse durch die nächtliche Stille hallen gehört. Der Negro Huerta, der auf der anderen Seite immer ein bisschen von allem wusste, erzählte, es handele sich um Hasen, die auf die Selbstschussanlagen in der Nähe der Mauer traten und die automatischen Maschinengewehre in Gang setzten. Abscheulich, dachte ich, und biss mir auf die Lippen: Abscheulich, abscheulich, und ich fragte mich, ob der Mann in den Seidenklamotten nicht einer von diesen Gespenstern war, ein Produkt des dreizehnten Jahres im Exil, und ob er ein harmloses oder ein gefährliches Gespenst war.

»Vielleicht!«, überlegte ich laut, und Chico sah mich wieder wütend an. Sie gefielen ihm überhaupt nicht, ganz und gar nicht, diese Idioten, die irgendetwas zu verbergen hatten! Das wollte er mir sagen. Die Botschaft in seinem zornigen Blick war eindeutig. Aber wie man sieht, zog er es vor, es nicht auszusprechen. Um den so angenehmen Abend nicht mit Gewalt, durch Misstöne, zu zerstören.

Am darauffolgenden Abend klingelte das Telefon wieder, um dieselbe Zeit, in einem Moment, in dem die Musiklehrerin mich wieder einmal zu meinem Ärger versetzt hatte. Obwohl wir so verblieben waren, dass wir uns in diesem Café treffen wollten, bestand Apolinario Canales darauf, an einer U-Bahnstation auf der Höhe des letzten Wagens Punkt elf Uhr fünfundvierzig am Morgen des Mittwochs nächster Woche auf mich zu warten. An jenem Morgen, wie viele Tage war das jetzt her?, auf jeden Fall nicht viele, auch wenn sie mir jetzt wie Jahrhunderte vorkommen, ging ich einkaufen, räumte ein wenig die Wohnung auf, passierte ohne Probleme die Grenze nach den üblichen Formalitäten, wenn man, wie ich, einen Passierschein hatte; ich fuhr ein Stück oberirdisch und nahm dann die U-Bahn, um zu dem vereinbarten Treffpunkt zu kommen. Dort stieg ich auf der linken Seite an der hinteren Tür des letzten Wagens aus, ging die besprochenen drei Meter, drei große Schritte zählend, eins, zwei, drei, und blieb stehen. Ich hatte das vage Gefühl, zur Marionette geworden zu sein. Ja, ich war zwölf Minuten zu spät, zwölf undeutsche, für Talca ziemlich typische Minuten, die bei Chico Fuenzalida Entrüstung hervorgerufen hätten. Die Fahrgäste gingen nach oben, und die Station leerte sich. Da sah ich plötzlich meinen Gastgeber hinter einer Säule hervortreten, langsam, die Hände auf dem Rücken. Er hatte sich so aufgestellt, dass er den ganzen Zug vom ersten bis zum letzten Wagen überblicken konnte, heimlich, in erhöhter Position, in der Voraussicht, dass ich seine Anweisungen nicht buchstäblich befolgen würde. Diesmal war er ganz in schwarze Wolle oder Schurwolle gekleidet, trug ein schwarzes Hemd mit Schildkrötenkragen, einen Pullover mit schwarz-grauen Rauten und eine gesprenkelte schwarze Tweedjacke. Die Hose glänzte leicht, wie beim ersten Mal, wohl ein synthetisches Material oder extrafeine Seide, und die Schuhe, neu, mit dicken Gummisohlen, hatten auffällige Laschen mit Ledertrodddeln.

»Verzeihen Sie die Verspätung«, stammelte ich, hatte ich doch vergessen, dass wir uns am Telefon bereits geduzt hatten, und Apolinario Canales sagte, elegant darüber hinweggehend, das mache überhaupt nichts. Es war Mittag, Zeit etwas zu essen, und er schlug vor, mich in ein Lokal einzuladen, wo es die feinsten kulinarischen Leckerbissen der Welt gebe.

»Mit Ostgeld kommen wir hier nicht weit«, sagte er leicht spöttisch. »Und wenn es Ihnen nicht zusagt, bestellen wir nur eine Kleinigkeit, um den Appetit anzuregen, und gehen woanders hin.«

»Wieso sollte mir das nicht gefallen?«, murmelte ich stockend. »Drüben essen wir normalerweise Sauerkraut und Kartoffelsalat, mal mit Würstchen, mal mit Kotelett, mal mit einer Frikadelle, was zufällig in den Topf gefallen ist …«

Apolinario Canales' finstere Augen blitzten boshaft, und seine dichten, zottigen Augenbrauen hoben sich. Aber vielleicht bildete ich mir das nur ein. Ich hatte die ganze Zeit über das Gefühl, dass wir nie bis hinauf zur Straße gelangen würden, obwohl ich jetzt, wenn ich mich an diese ersten Augenblicke erinnere, feststelle, dass viele Einzelheiten wie ausgelöscht sind und dass ich mir bei gar nichts mehr sicher bin, was man gemeinhin sicher nennt. Aber ich könnte schwören, dass wir eine versteckte, vielleicht für das Servicepersonal bestimmte Rolltreppe nahmen, die anfangs nach oben ging, aber dann wie eine Raupe nach unten zu einer Reihe unterirdischer Passagen führte. Ich sehe mich über einen Steinboden gehen, bin mir bewusst, dass meine Schuhe, im Gegensatz zu seinen, kaputte Sohlen haben und aus stinkendem Kunstleder bestehen. In einem Schaufenster sind große Fotos von nackten Männern ausgestellt, deren Haut nass oder voller Schweißperlen ist, die Poren geöffnet. Andere Schaufenster zeigen gewöhnliche Bluejeans oder Wecker in allen möglichen Größen und Designs oder dicke Bücher in gotischen Lettern mit Reliefs von Bergen, Löwen, Hirschen, Pinienwäldern als Einband. In einer Ecke, gegen eine Wand gelehnt, wartete ein Mädchen mit milchfarbener Haut und roten Lippen auf Kundschaft. Es erschien mir unglaublich, dass ein solches Mädchen, das so jung und unschuldig aussah, diesem Gewerbe nachging und sich stunden- oder halbstundenweise als Braut anbot, aber ich muss zugeben, dass man drüben an bestimmten Orten Ähnliches sah, und ich verbarg meine Neugier, damit mein Begleiter nicht schlecht von mir dachte.

Dann betraten wir eine riesige Parfümerie mit vielen Teppichen und mit Verkäuferinnen, deren Make-up aussah, als hätte ein Goldschmied in Porzellan gearbeitet. Die Puder, die Lidschatten, die Schminkpinsel, die senkrechten vielfarbigen Lippenstiftreihen, die unterschiedlich geformten Eau de Toilette- und Parfumflakons wurden von den Spiegeln vervielfacht und bildeten eine kunterbunte Kulisse, die kein Ende zu haben schien.

»Hier entlang«, sagte Apolinario, der den Ort mit Sicherheit in- und auswendig kannte. Die Augen der Verkäuferinnen mit ihren langen, getuschten Wimpern waren so perfekt, dass keine sich dazu herabgelassen hätte, nach unten zu schauen, um meine Schuhsohlen zu betrachten, dachte ich. Wir kamen zu einer anderen Rolltreppe und fuhren an einer Etage mit Dessous vorbei, mit Morgenröcken, Strümpfen, roten und schwarzen Strumpfhaltern und Bergen von Slips zu Ausverkaufspreisen. Die nächste Etage war komplett dunkel, abgesehen von ein paar roten und grünen Punkten weiter hinten, und starre, lächelnde Verkäufer warteten am Eingang auf ihre Kunden.

»Wir müssen noch ein Stück weiter«, erklärte Apolinario, und ich murmelte irgendeine Antwort. Es hätte mir überhaupt nicht gefallen, diese dunkle Abteilung zu betreten. War der Strom ausgefallen, oder war diese Dunkelheit mit den diffusen Blitzen Teil der Dekoration? Apolinario, der mir gar nicht zuhörte, hatte ein paar große Schritte gemacht, seine prächtigen Schuhe waren zu Siebenmeilenstiefeln geworden, und er wartete oben, in der Lebensmittelabteilung, mit großen Augen und einem strahlenden Lächeln auf mich. Er wirkte wie ein Kandidat für das Weiße Haus. Es fehlte nur noch der Bildschirmrahmen!

Als ich die Lebensmittelabteilung betrat, verschlug es mir die Sprache. Wieder kamen Erinnerungen hoch, die das Exil ausgelöscht hatte, als würde die Anwesenheit meines Begleiters ferne Assoziationen wecken: eine Tauffeier, in meiner Kindheit, am Ufer eines Flusses in der Nähe eines Wasserfalls. Wir waren seit dem Morgengrauen mit Ochsenkarren unterwegs. Die fetten, mit Öl und Kräutern eingepinselten Lämmer drehten sich bereits über dem Feuer, endlose Wurststränge brutzelten über den Flammen; Reihen von Wassermelonen wurden am Ufer gekühlt, so weit das Auge reichte. Ein alter Mann mit rauer Stimme sang alte Romanzen über die Bankette des Königs Nebukadnezar und begleitete sich auf einer Gitarre mit Muschelintarsien.

Hier jedoch, in dieser Kathedrale der Leckerbissen, war das Gefühl von Überfülle durch das spärliche, geschickt verteilte Licht noch seltsamer und beunruhigender. Alles wiederholte sich in Pyramiden, in tiefen Körben und Stapeln, büschelweise. Ich drehte mich um und stellte fest, dass über meinem Kopf eine Sammlung von allen möglichen Senfsorten stand: gelber, grüner, bläulicher, goldfarbener, roter Senf.

»Wahnsinn!«, rief ich und folgte meinem Gastgeber, der in

dem Gang mit den exotischen Früchten verschwunden war. Er lud mich ein, mich an einen runden Tisch zu setzen, und bot mir eine Auswahl von Kanapees mit Meeresfrüchten, Lachskaviar, russischem Kaviar, allen möglichen Heringsspezialitäten an; dazu gab es Wodka aus eisgekühlten Gläschen. Wir seien nur hier, um den Appetit anzuregen, sagte er. Was hätte ich tun können, außer die Augen aufzureißen und mir die Hände zu reiben? Donnerwetter, was für eine tolle Einladung! Ich sah, dass wir von Aquarien mit Hunderten von Aalen umgeben waren, die sich kaum bewegen konnten, die langsam den Mund öffneten, zu ersticken schienen und in sich zusammenfielen. Was hätte Chico dazu gesagt! Mit Sicherheit hätte er von der Konsumgesellschaft gesprochen, vom Hunger in Indien, in Äthiopien, in Biafra, in den Dörfern um Santiago. Dieser Chico war ein Wurm in meinem Bewusstsein! Ein Wurm, der nicht müde wurde, mich innerlich zu zernagen!

»Was sagten Sie?«, fragte Apolinario, als wäre mir einer meiner Gedanken über die Lippen gekommen. »Gefällt es Ihnen nicht?«

»Wie kommen Sie denn darauf, Genosse?«, erwiderte ich begeistert und dachte sofort, das mit dem Genossen war ein Tritt ins Fettnäpfchen. Das passte überhaupt nicht zu diesem Ort. Aber mein Gastgeber blieb völlig ungerührt und tätschelte meinen Unterarm. Immer mit der Ruhe, schien er sagen zu wollen. Es drängt uns keiner.

Wir verdrückten dann eine Portion Austern in Tomatentabascosauce, die uns von einem schnauzbärtigen Mexikaner mit Charro-Hut serviert wurde, der eine fehlerhafte Mischung aus Spanisch und Deutsch sprach. Im Hintergrund war ohrenbetäubend laute Mariachi-Musik zu hören, die aber bald, mir zu Ehren, wie mein Gastgeber behauptete, durch zarte Klänge ersetzt wurde: ein singender Gitarrenspieler, eine Harfe und eine Geige. Ich glaubte, ein chilenisches Lied zu erkennen oder zumindest den Versuch der Musiker, ein chilenisches Lied zu spielen. Der runde Tisch war, ich weiß nicht wann, durch einen abgeschnittenen Baumstamm ersetzt worden, und Apolinarios sorgfältig maniküre Hände mit den lackierten Fingernägeln stellten mir eine richtige *humita* hin, eingehüllt in gerade aus dem Feuer geholte Maisblätter.

»Das kann nicht wahr sein!«, protestierte ich.

»Vergessen Sie nicht!«, warnte er mich, sehr heiter, »wir sind erst beim Aperitif...«

Sie waren in der Tat erst beim Aperitif. So absurd das klingen mag. Vielleicht hat Faustino deshalb eine eher verworrene Erinnerung an das, was danach geschah. Sie betraten reservierte Speiseräume, ließen sich in tiefe Sofas mit vielen Kissen fallen, und jemand servierte auf Tellern mit eingebranntem Goldmonogramm exquisite Speisen. Danach brachte man Schnäpse aus bauchigen Gefäßen oder hohen Flaschen, in ihrem Innern mal ein Schlangenfötus oder eine kleine Treppe aus Holz. Er stellte sich plötzlich vor, was Chico Fuenzalida wohl dazu gesagt hätte. Und seine Antworten darauf: Wenn er das Essen auf dem Teller ließe, würde das helfen, den Hunger in Kalkutta, in Simbabwe oder in La Victoria zu lindern? Dann hätte Chico zum Tiefschlag ausgeholt und laut und deutlich das Wort Bestechung ausgesprochen.

Bestechung, sagst du?

Und Chico, unerschütterlich, die Hände in den Taschen seiner herunterhängenden Hosen: Bestechung.

In diesem Fall, hätte Faustino feierlich erwidert, können wir unsere Beziehung für beendet erklären. Ich scheiß auf dich.

Als sie aufstanden, führte ihn Apolinario durch die Flure fürs Personal mit sichtbaren Rohrleitungen und ließ ihn etwas durchschreiten, das aussah wie eine riesige Tiefgarage, ein vergessener Raum aus der Zeit vor dem Krieg, und es wäre nicht verwunderlich gewesen, wenn dort einer dieser Mercedes Benz aus den Wochenschauen der dreißiger Jahre gestanden hätte. Sie fuhren mit einem Aufzug nach oben und kamen in eine Altbauwohnung mit hohen Decken, und Apolinario brachte ihn zu einem geräumigen Bad mit Mobiliar in einem Stil, den er seit langem nicht mehr gesehen hatte. Und nachdem er lautstark mit Chico Fuenzalida gestritten hatte, natürlich nur in seiner Vorstellung, betätigte er die Spülung und betrachtete sich im Spiegel. Wo war eigentlich sein Gastgeber in der Zwischenzeit geblieben? Er öffnete die hintere Tür des Bades, das über zwei Zugänge verfügte, und fand sich in einem Musiksaal wieder, in dem es am Abend eines langen Tages am Ende des Sommers bereits dunkel geworden war. Er konnte einen Flügel erkennen, eine Harfe, ein paar leere Pulte. Es gab eine verglaste Tür und einen kleinen, von Pflanzen überwucherten Balkon. Eine dicke Katze auf dem Sofa mit grünen Augen, die aussahen als wären sie aus Glas, lag da wie ausgestopft.

Faustino trat hinaus auf einen Flur, lauschte und öffnete die Wohnungstür. Er wollte sich vergewissern, dass Apolinario ihn nicht eingeschlossen hatte. Er ging langsam die Treppe hinunter, leise, mit dem Gefühl, ein Eindringling zu sein, der sich in unerforschtes Terrain vorwagt. Apolinario sah ihn jedoch von irgendeinem Beobachtungspunkt aus und kam ihm zwei Stockwerke tiefer entgegen. Er fasste ihn höflich am Arm, als wolle er damit andeuten, dass er seinen Aufmerksamkeiten nicht so leicht entkommen könne, und drückte auf einen Klingelknopf. Eine schwere Tür wurde von innen mit Hilfe eines elektrischen Türöffners entriegelt.

»Wo sind wir?«, fragte er.

»Treten Sie einfach ein. Seien Sie unbesorgt...«
Apolinario trug dieselben Sachen wie zu Beginn, aber sein Gesicht hatte sich verändert: Es war nun wie aufgedunsen und wirkte zusätzlich distanziert. Was hat dieser Typ bloß vor?, fragte er sich und strich sich übers Kinn. Sie betraten einen Hausflur, dessen Fenster sperrangelweit offen standen. Draußen breitete sich die Dunkelheit an den Fassaden gegenüber, die den Zweiten Weltkrieg überlebt hatten, und an den knorrigen Stämmen der Bäume aus, während der Himmel immer noch blau war, nur intensiver. Die dichtbelaubten Zweige waren voller Vögel, und einer von ihnen stieß ein tiefes, langes, harmonisches Zwitschern aus.

»Welch schöner Gesang!«, rief er aus, und er wurde das beunruhigende Gefühl nicht los, Apolinario kontrolliere auch diese äußeren Effekte.

Apolinario ging grinsend auf einen Tisch voller Gegenstände zu, nahm eine Glocke in Form einer Traube, wie sie in der katholischen Liturgie verwendet werden, und läutete kräftig.

»Ich wäre gern ein wenig draußen spazieren gegangen«, gestand Faustino. »Es ist ein so angenehmer Abend. Und dieser Vogel, der so orgelgleich singt! Ich habe so etwas noch nie gehört. In meiner Heimat, wo es natürlich auch Vögel gibt, ist solch ein Gesang unbekannt. Wenn ich das erzähle, wird man denken, ich hätte es erfunden...«

Plötzlich ging hinten eine Tür auf.

»Wo sind wir?«, wiederholte er mit gesenkter Stimme.

Apolinario flüsterte ihm die Antwort ins Ohr. Sie seien bei ein paar sehr gebildeten und gastfreundlichen Damen. Was sie machten? Apolinario erzählte, vielleicht war es ironisch gemeint, aber das hätte er nicht mit Bestimmtheit sagen können,

dass sie gerade ihr Studium abgeschlossen hätten. Und für ihn, Faustino Piedrabuena, sei es sehr gut, sie kennenzulernen. So habe er eine Anlaufstelle, wenn er wieder mal hierher in den Westen komme.
»Wäre es nicht besser, wir gingen?«, murmelte Faustino, »oder ich gehe nach Hause und Sie bleiben?«
Er ließ es dabei bewenden, denn die Person, die die Tür aufgemacht und auf Zehenspitzen hereingekommen war, wartete in zwei Metern Entfernung mit einem Lächeln auf den Lippen. Das Seltsame, das Ungewöhnliche war, dass es sich um dasselbe Mädchen handelte, das er an diesem Vormittag an der U-Bahnstation in der unterirdischen Passage sich gegen die Wand lehnen gesehen hatte. Sie trug sogar noch dieselben Sachen: weiße Stiefel, weiße, enganliegende Hosen, einen langhaarigen Pullover, dazu die weiße Haut und der rote Lippenstift. Dieselbe Kleidung und dasselbe Make-up. Und diese Empfangsdame oder Hausangestellte oder Wohnungsbesitzerin oder Tochter der Wohnungsbesitzerin, er wusste es nicht genau, auch wenn er genau wusste, was sie in der unterirdischen Passage zu suchen hatte, aber vielleicht handelte es sich ja auch um eine Doppelgängerin oder um überraschende Zufälle, wie sie auf dieser Seite der Mauer typisch waren; das Mädchen jedenfalls war ungefähr in demselben Alter wie Asunta, seine Tochter. Seit Jahren hatte er nichts mehr von Asunta gehört. Seit Jahren! María Eduvigis hatte sie unerbittlich von ihm ferngehalten, mit dem Argument, sie solle sich mit näheren, greifbareren Dingen beschäftigen und nicht mit einem Vater, der sich an das andere Ende der Welt geflüchtet hatte und der, wenn er zurückkäme, wenn er die schlechte Idee hätte zurückzukehren, Gefahr liefe, an die Wand gestellt und erschossen zu werden, weil er so eine große Klappe hatte!, oder in eine Diskothek gebracht zu werden und als

gebranntes Kind oder gar in Rauch verwandelt durch die Hintertür wieder herauszukommen.
»Sie macht einen netten Eindruck«, sagte er zu Apolinario, und versuchte, dabei so gelassen wie möglich zu klingen, »aber ich glaube, ich muss gehen. Ich will die letzte U-Bahn nicht verpassen.«
»Sei nicht dumm, Faustino!«, erwiderte Apolinario Canales, jetzt selbst zum Du übergehend. »Nutz die Gelegenheit! Wie viele Jahre verbleiben dir noch?«
»Es ist schon sehr spät geworden«, protestierte er. Aber das Mädchen hatte ihn mit einem reizenden, verführerischen Lächeln am Arm gefasst und zugleich mit einer Kraft, gegen die er sich nicht zur Wehr setzen konnte, mit Händen, die nur aus Nerven und Stahl zu bestehen schienen, trotz ihres schneeartigen Äußeren, und sie führte ihn in ein riesiges Schlafzimmer mit vielen Kissen, wo der Boden weich und gepolstert war, oder um es genauer zu sagen, wo anstelle des Bodens ein von Wand zu Wand reichendes Bett stand, ein tuffiges Bett auf Bodenhöhe.
»Seit ich aus Chile hierher kam, habe ich so gut wie nie Liebe gemacht«, stammelte er. »Ich schwöre es dir. Ich habe eine Freundin drüben im Osten, aber sie leidet an niedrigem Blutdruck oder so etwas, sie gähnt ständig und ist halbtot vor Müdigkeit. Ich habe mich schon daran gewöhnt, weißt du. Ich habe schon vergessen, wie das geht. Oder fast!«
Das Mädchen lächelte sanft und wartete ab, ohne ein Wort zu verstehen, vielleicht genoss sie es sogar, dass sie diesmal nichts zu verstehen brauchte, und nervös fing er an, mit hastigen Fingern sein Hemd aufzuknöpfen, ein Hemd für fünfundzwanzig Mark, das er in einem Laden in der Nähe vom Alexanderplatz gekauft hatte und das zu allem Überfluss in der Waschmaschine auch noch ausgeblichen war. Er hätte

tausendmal lieber einen Brief von seiner Tochter, von der er schon so lange keine Nachricht bekam, gegen diese Frau, dieses Bett, diesen Abend eingetauscht, an dem sich alles gegen ihn verschworen hatte und ihn daran hinderte, draußen spazieren zu gehen und pünktlich zu Hause zu sein!

»Wie heißt du?«, fragte er und beobachtete, wie das Mädchen das Hemd mit den Fingerspitzen anhob, wahrscheinlich an Kleidungsstücke von besserer Qualität gewöhnt. Als sie nicht antwortete, wiederholte er die Frage in seinem schlechten Deutsch. Vielleicht tat er das, weil er Angst hatte, sie könnte genauso heißen wie seine Tochter, Asunción, Asunta, aber sie hieß nicht Asunción, sie hieß Margit, oder so ähnlich, und er glaubte zu verstehen, dass sie in Polen geboren war, in einem Gebiet, das früher einmal zu Preußen, aber jetzt zu Polen gehörte. Das heißt, sagte er sich, trotz Wärme vor Kälte zitternd, eingedenk eines von einem Mitglied der Surrealistengruppe La Mandrágora im prähistorischen Santiago gern zitierten Spruchs: im Nirgendwo.

Margit zeigte auf seine Unterhosen, die musste er auch ausziehen, und sogleich legte sie ihre Fingerkuppen auf seine Augen, ganz sanft, fast ohne sie zu berühren, und bedeutete ihm auf diese Weise, da er so verängstigt war, sie zu schließen und sich keine Gedanken zu machen. Sie, Margit, würde es schon richten, sie würde sich um das Vorspiel kümmern, darum, dass sie in Stimmung kamen, um alles ... Dafür war sie da!

Als ich die Augen aufschlug, sah ich dicke aufgetürmte Wolken. Ein kalter Wind ließ den offenen Fensterflügel erzittern und spielte mit den dünnen, ein wenig schmutzigen Vorhängen. Ich strengte mich unglaublich an, um mich zu erinnern, wo ich mich befand. Wo zum Teufel war ich? Plötzlich glaubte ich, im Süden, ganz tief im Süden zu sein, in einem Gebiet, wo es viel Wasser gab und Weidenbäume und Brombeerbüsche und Wiesen mit Kühen und Pferde am Horizont, aber mir war sogleich klar, das war unmöglich, auch wenn ich den Eindruck hatte, als hörte ich das Krähen der Hähne und das Gebell der Hunde, und ich erinnerte mich an das Zimmer der vergangenen Nacht. Dieses Zimmer, geräumiger und heller, hatte keine Löcher in den Wänden, mit Ausnahme der niedrigen Tür, durch die man mich hatte eintreten lassen.

Ich stand auf, betreten und nackt, erschauderte, als ich auf die kalten Dielen trat, und schloss das Fenster. In Windeseile zog ich mich an, und bevor ich das Zimmer verließ, warf ich noch einen Blick auf das schnarchende Bündel im Bett. Wo war das Mädchen mit der milchigen Haut geblieben? Ich ging voller Ekel und Scham hinunter, ich zitterte und wollte nichts mehr von dem Mädchen oder der Person, die es ersetzt hatte, wissen. Die Stufen knarrten trotz der Teppiche aufsehenerregend laut. An den Wänden hingen alle möglichen Diplome, bei denen der Text in einer alten Schrift verfasst war, mit ausholenden, schlanken und breiten Zügen oder in gotischen Lettern, voller gelber Flecke oder schwarzer Oxydsprenkel. Ich las unbekannte Namen und verschiedene Titel: Herr Soundso, Zahnarzt, Rechtsanwalt, Tierarzt, Chirurg, Entomologe. Es musste das Haus irgendeines Berufsverbandes sein, aber man musste schon sagen, dass drinnen ziemlich seltsame Dinge vorgingen.

Endlich gelangte ich hinaus auf die Straße und atmete tief ein, mit einem Gefühl der Erleichterung. Seit ich am Morgen zuvor im Westen angekommen war, kam es mir so vor, auch jetzt noch, als sei ich nicht an der frischen Luft gewesen. Weiter hinten sah ich einen Stacheldrahtzaun und ein eingezäuntes Gelände, aber links befand sich eine Straße, die in wiedererkennbare Bezirke mit öffentlichen Bahnen führen musste. Aus dem Augenwinkel heraus sah ich, dass Apolinario mit einem weiten, hellgelben Overall mit festem Schritt auf mich zukam. Ich trabte los und fing an zu laufen, obwohl mein ganzer Körper immer noch steif war, aber Apolinario hatte mich binnen Sekunden eingeholt und hielt mich am Arm fest.

»Hier geht es nirgendwohin«, sagte er vorwurfsvoll, dann fügte er, das Du vom Vorabend ignorierend, hinzu: »Sie werden mir folgen müssen.«

Er bückte sich, kroch nicht ohne Mühe unter einem Stacheldrahtzaun hindurch, denn die Falten seines Overalls blieben an den Stacheln hängen, und ging über die wuchernde Wiese, wo ihm das Gras und das Unkraut bis über die Knie reichte. Am anderen Ende des verlassenen Geländes standen verrostete, verlassene Eisenbahnwaggons, und Apolinario rief mir, ohne sich umzudrehen, zu, das seien die Reste einer Strecke, die durch den Krieg unterbrochen worden war, Ruinen einer verschwundenen Zivilisation. Die Waggons kamen gewöhnlich aus dem Osten, aus Finnland, Russland, aus der Türkei; an den Rädern, an den Achsen, an den Scharnieren hafteten alle möglichen exotischen Samen, und so kam es auf diesem Gelände, das niemand kannte, zu dieser Vielfalt, diesem Überfluss an Gerüchen, Farben, wilden Aromen.

In der Mitte des Feldes, in gleicher Entfernung zu dem Stacheldraht und der verlassenen Eisenbahnstation, stand eine kleine, sehr modern aussehende Maschine in derselben Farbe wie Apolinarios Overall, die einem Insekt aus Metall glich, einem großen Insekt mit einem glänzenden, gelben Panzer, das im Gras hockte.

»Was ist das?«, fragte ich, und Apolinario antwortete ungerührt, das sei eine Maschine, die er für seine Arbeit häufig brauche, eine sehr nützliche Maschine.

»Stellen Sie sich vor, das ist ein Hubschrauber«, fügte er hinzu. »Haben Sie noch nie einen Hubschrauber gesehen?«

Ich musste eingestehen, dass ich jeden Tag Hubschrauber sah, Libellen aus Metall und kleine Propellerflugzeuge, die über meinem Kopf hinweg brummten und manchmal Banderolen mit schwebenden Buchstaben hinter sich herzogen, die zu einer Demonstration aufriefen, oder, wenn sie auf der anderen Seite, also auf dieser Seite der Mauer, herumflogen, Werbung für eine neue Zahnpastamarke machten, aber ...

Aber was?, schien Apolinario zu antworten, der mit den Achseln zuckte und auf die Tür des Fluggeräts zeigte.

»Also, offen gesagt, Genosse Canales, möchte ich lieber auf eigene Faust zurückfahren. Ehrlich!«

»Steigen Sie ein!«, befahl Apolinario. »Wenn Sie hier wegwollen, dann steigen Sie ein!«

»Nun«, sagte ich, denn so schnell gab ich nicht auf, »ich würde lieber ganz schnell nach Hause zurück, wirklich ...«

»In Ihr elendes Loch, wollen Sie sagen!«

»Wie auch immer Sie es nennen wollen! Aber ehrlich, all diese ungewöhnlichen neuen Dinge, die Sie mir gezeigt haben ...«

Ich brachte das alles nur schwerfällig heraus, stotternd, sabbernd, rot werdend. Das waren nicht gerade wenig neue Dinge in vierundzwanzig Stunden, machen wir uns nichts vor. Apolinario, der sich meinen Protesten gegenüber taub stellte, setzte sich auf den Pilotensitz und öffnete von innen die Tür auf meiner Seite.

»Kommen Sie nun oder nicht?«

Ich biss mir auf die Lippen, kratzte mich am Kopf, schaute in die andere Richtung. Dass ein Exilant unserer verfolgten und gebeutelten Linken in einer Art Privathelikopter herumflog, war in der Tat ungewöhnlich. Vielleicht war ich an so etwas nicht gewöhnt, eine Folge der vielen Jahre, die im anderen Berlin vergangen waren, ohne dass ich es gemerkt hätte. Das Exil war zu einer Form von Invalidität geworden, zu einer Lähmung, nicht der Muskeln, sondern des Willens. Ich hatte mich darauf eingerichtet, in einem winzigen, gut geschützten, mehr oder weniger gut beheizten Winkel dahinzuvegetieren. Und plötzlich, aus Neugier, aus Langeweile, was auch immer, war es mir in den Sinn gekommen, mein Refugium zu verlassen, die Fühler in der Sonne auszustrecken, wie die Schnecken... Was für einen Kompass benutzten die Schnecken? Die Hand im gelben Handschuh zeigte mit einem Anflug von Ungeduld auf den ledernen Sitz, wie lange, gab er mir zu verstehen, wollen Sie noch in einer Seifenblase leben?, und ich, der ich den Vorwurf sehr gut verstand, wandte den Blick ab. Wolken zogen über den Himmel, das Gebüsch neben den verrosteten Rädern der Waggons bebte. Die Häuser waren weit weg. Man sah keine Menschenseele weit und breit. Die Atmosphäre an diesem Ort war alles andere als beruhigend. Zum Teufel noch mal! Ich stieg ein, und eine angenehme Wärme und der unverwechselbare Geruch von Materialien erster Güte empfingen mich.

»Legen Sie den Sicherheitsgurt an«, befahl Apolinario, während er konzentriert mit Hebeln und Schaltern hantierte, die wie Spielzeugknüppel aussahen. Ein lautes Dröhnen ertönte, von gut eingestellten, gut geölten Motoren, und ich sah, wie das Gestrüpp von der Luft kreisförmig niedergedrückt wurde. In drei oder vier Sekunden befanden wir uns über dem Eisenskelett des stillgelegten Bahnhofs. Überreste der Fassade standen noch: Neoklassizistische Säulen, von Bombensplittern durchsetzt, und zwei allegorische Figuren beugten sich über das, was einmal das Zifferblatt einer Uhr gewesen war oder vielleicht ein Waffenschild oder eine Erdkugel.

Die Maschine stieg hektisch weiter nach oben, wie ein Springfloh. Nach kurzer Zeit überflogen wir in beträchtlicher Höhe die Gebäude und Türme des Zentrums. Die breiten Straßen, die schwarze Ruine der Gedächtniskirche lagen vor der Metallnase unseres Hubschraubers. Ich glaubte, das Café erkennen zu können, in dem wir uns vor ein paar Tagen begegnet waren, mit seinen Tischen und Sonnenschirmen, die aus der Entfernung winzig aussahen. Vor wie vielen Tagen? Was war aus der Leopardenfrau geworden? Oder waren die Leopardenfrau und das Mädchen mit der milchfarbenen Haut ein und dieselbe Person? Nie ist mir irgendetwas passiert, ich vegetierte in meiner Seifenblase vor mich hin, und plötzlich jagte ein Abenteuer das nächste. Ich musste mich in den Arm kneifen, um mich davon zu überzeugen, dass ich wach war.

»Wir werden einen für Sie sehr lehrreichen Besuch machen«, sagte mein Gastgeber.

»Und wann kann ich nach Hause zurück? Wissen Sie, ich habe noch Arbeiten zu erledigen, Verpflichtungen...«

»Sehr bald. Nach diesem Treffen... Haben Sie Angst?« Er legte seine behandschuhte linke Hand auf mein Knie.

»Nein!«, erwiderte ich. »Wie kommen Sie denn darauf! Oder habe ich etwa Grund, Angst zu haben?«

»Nehmen Sie sich was zu trinken«, schlug Apolinario Canales vor, »dann werden Sie das Leben mit anderen Augen sehen.«

Ich stellte überrascht fest, dass sich hinter den Sitzen eine Minibar aus Mahagoniholz befand und ein Tablett mit Spirituosen aus aller Herren Länder. Offensichtlich hatten die Überraschungen dieser Reise eben erst begonnen. Chico Fuenzalida, sagte ich mir, würde verrückt werden. Was er für ein Gesicht machen würde!

Wir flogen über wunderschöne Wälder, einen Flaum dichter Vegetation, Pfade aus roter Erde, über Kanäle und Seen, durchpflügt von Segelbooten. Ich saß wie festgeschraubt auf meinem Sitz, mit offenem Mund, fasziniert. Auf einmal sah ich eine Metallkonstruktion, die mir sehr bekannt vorkam, nur allzu bekannt, und mir entfuhr ein schriller Schrei. Wir befanden uns in der Nähe der Glienicker Brücke, an einer Stelle, an der ich auf der anderen Seite schon entlanggefahren war, mit dem Fahrrad!, mit Natasha, der Musiklehrerin, die immer sagte, sie sei müde, aber auf Pedalen und zwei Rädern wundersame Energien entfaltete.

»Wir sind jenseits der Mauer!«, rief ich aus.

»Wenn man in der Luft ist,« sagte Apolinario unerschütterlich, »ist es nicht schwer, die Mauer zu überwinden.«

Unter uns glitt der winzige Schatten des Hubschraubers wie der eines Moskitos schnell über die Dächer, die Straßen und die Bäume der anderen Seite, die im Grunde die meine war, aber von der ich jetzt, zumindest theoretisch, weit weg war.

»Sie werden auf uns schießen!«, entfuhr es mir, das Gesicht an die Scheibe gedrückt. Mir war schwindelig, ich hätte mich liebend gern an ein Stück festen Bodens geklammert.

»Niemand wird auf uns schießen«, erwiderte Apolinario, der mit der Spitze der Handschuhe steuerte. »Auch sie kennen meinen Hubschrauber. Sie bemerken ihn gar nicht mehr, so gewohnt sind sie den Anblick...«

Die Antwort verwirrte mich, aber in dem Moment flogen wir über die Zinnen, die Gesimse und die spitzen Türmchen des Palastes des verrückten Königs, und der Anblick hinderte mich daran, Fragen zu stellen. Der Schatten in Moskitoform überflog dieses Capriccio und verschlang sofort Gewässer, Felder, Hügel, Gehöfte, Autobahnen voller Autos und ein Stadion, in dem Fußball gespielt wurde.

»Ich verstehe das nicht!«, sagte ich. Ich verschränkte die Arme vor der Brust und sah meinen Begleiter an. Ich muss sehr blass und verstört ausgesehen haben. Er lächelte unmerklich. Obwohl er, wie er selbst sagte, aus der Unidad Popular kam, hatte er seltsame Oligarchenallüren, Manieren eines Mannes, der in der Welt herumgekommen ist und das Engstirnige der Provinz hinter sich gelassen hat. Seine Antwort war schlichtweg ein Ausbund an schneidender, knapper Überheblichkeit:

»Es gibt viele Dinge, die Sie noch nicht verstehen, werter Freund.«

Ich erinnerte mich an den Gefährten von Hamlet und sah deutlich die dahinterliegende Absicht: Wenn ich mich gefügig und offen zeigte, könnte er mir auf der Reise ein wenig Schliff beibringen.

Wir landeten auf einem Damm, neben einem Park. Während der Landung hatte der Nebel mir eine Orientierung unmöglich gemacht, aber jetzt erkannte ich unten, am Fuß eines Hügels, einen grauen Wasserarm, über den große Frachtschiffe mit halber Kraft fuhren. Am anderen Ufer zeichneten sich im Nebel riesige Kräne ab, Reihen von Containern und Hafenlager.

An den Seiten des Parks sah ich Ruinen von Terrassen und Treppen, die einst zu einem Herrenhaus gehört hatten. Es gab Pfauen, die zwischen den Steinen herumspazierten, und Katzen, viele Katzen, und ich glaubte sogar, zwischen den Resten einer Ziegelsteinmauer ein Chamäleon zu sehen, das seine gespaltene Zunge ausfuhr. Es sei denn, ich hätte geträumt, denn auf dieser Reise war alles möglich, sogar, wach zu träumen. Wir kamen zu einem modernen Bungalow, der keinerlei architektonische Anmut besaß und genau an der Stelle gebaut worden zu sein schien, an dem zuvor das Haus der früheren

Besitzer gestanden hatte. Eine weißhaarige Frau öffnete uns die Tür, sie sah vornehm aus, trug aber eine Hausmädchenschürze, und das verwirrte mich.

An den Wänden der Diele hing eine Sammlung naturwissenschaftlicher Skizzen, Fische mit monströsen Gesichtern, missgebildete Vögel mit langen, in fedrigen Buckeln steckenden Hälsen, deren lateinischer Name unten angegeben war, empfingen uns, ja bedrängten uns fast. An der gegenüberliegenden Wand hingen Plakate von der Kubanischen und Sandinistischen Revolution, von Solidaritätskomitees mit Chile. Sie waren in diversen mittel- und nordeuropäischen Sprachen verfasst, auf Dänisch, Deutsch, Ungarisch, Flämisch, und auf einigen konnte man eine entfernte, sich im Dunkeln zwischen Bergen entlangschlängelnde Prozession erkennen, aus der eine Vorhut an erhobenen Fäusten und Gewehren herausragte, und im Vordergrund bekannte Gesichter: Sandino, der Che, Fidel Castro und Salvador Allende, der offensichtlich nicht nur auf meiner Seite Teil des Heldenpantheons geworden war.

Apolinario ging wortlos in einen dunklen Flur und öffnete eine Seitentür. Ich glaubte, die Utensilien eines Fotolabors erkennen zu können.

»Nehmen Sie Platz«, sagte die weißhaarige Frau, bevor sie sich zurückzog.

Ich rührte mich nicht vom Fleck und bemerkte aus den Augenwinkeln heraus den Kontrast zwischen dem luxuriösen Perserteppich und meinen Kunstledertretern.

»Ich werde mir neue Schuhe kaufen müssen«, murmelte ich, mit dem vagen Gefühl, durch irgendein Guckloch beobachtet zu werden.

Über dem Kamin hing das die gesamte Wandfläche einnehmende Bild einer enorm fetten Frau mit einem riesigen, ein wenig kuhähnlichen Kopf mit winzigen Augen, die zu den

Augen einer ebenso fetten Katze passten, die eine Pfote nach einem Wollknäuel ausstreckte. Alles bestand aus Kreisen, die dazu tendierten, die Leere zu überdecken, zu verschlingen, aber in diesen Kreisen war nichts als Fett. Tausende von Malen hatte ich Reproduktionen dieses Malers gesehen, aber ich konnte mich nicht erinnern, wie er hieß. Das wäre mir zu meinen guten Zeiten nie passiert, als ich unter den tadelnden Blicken meiner Parteifreunde auf Biegen und Brechen literarische Texte mit kleinen Buchstaben ohne Punkt und Komma oder abstrakte Bilder verteidigte.

Weiter hinten befand sich eine Wand mit edel gerahmten Fotografien aus verschiedenen Epochen, auf denen immer dieselbe Person zu sehen war. Sie zeigten bestimmt den Hausherrn, aber das Komische war, dass Apolinario ihm erstaunlich ähnlich sah. Der Kerl, jünger, älter, einmal um die dreißig, ein andermal über sechzig, hatte sich neben den Lichtgestalten des 20. Jahrhunderts fotografieren lassen: General Charles de Gaulle, der junge John Kennedy, Fidel Castro auf seiner Insel, Salvador Allende zu seiner Zeit als ewiger Präsidentschaftsanwärter, Willy Brandt, Belisario Betancur inmitten sich reckender Köpfe, die unbedingt mit aufs Bild wollten.

Ich sah mir vergnügt diese Galerie von Porträts des Jahrhunderts an, als ich hinter mir auf einmal ein Geräusch hörte. Aus dem Dunkel heraus trat jemand, der zweifellos die Person auf den Fotos und der Hausherr war. Als er vor mir stand, verwirrte mich seine Ähnlichkeit mit Apolinario noch mehr, obwohl seine Gesichtszüge markanter, verwüsteter waren. Das weiße, lange, ungekämmte Haar bildete einen Kontrast zur olivfarbenen Haut, er trug einen Schnurrbart wie ein Seehund, mit abfallenden Enden, der mir künstlich vorkam, auch wenn es absurd war zu denken, Apolinario hätte sich einen Schnäuzer angeklebt, genauso wie es absurd war zu denken, er imitiere meisterlich wie ein Berufsschauspieler die Bewegungen eines wesentlich älteren Mannes. Außerdem trug die Person, trotz der unerklärlichen Ähnlichkeit, die mich sprachlos machte, schlabberige blaue Hosen aus gewöhnlichem, dünnem Stoff und ein zerknittertes, zerlumptes Hemd sowie halb zerschlissene Tennisschuhe.

Ein exzentrischer Millionär, dachte ich und vermutete, dass er wahrscheinlich mit Apolinario nah verwandt war, obwohl es seltsam war, dass ein Mann aus einer Arbeiterfamilie, wie Apolinario es zu sein behauptete, und ein sich auf internationalem Parkett bewegender, reicher Knacker verwandt waren. Ich war kurz davor, dem Hausherrn gegenüber eine Bemerkung über die chilenischen Verwandtschaften zu machen, einen liebenswürdigen Kommentar, in Ermangelung eines besseren Gesprächsthemas, aber er hatte sich in einen viktorianischen Sessel sinken lassen und die Füße, ohne Socken, sodass man die dünnen Knöchel sehen konnte, auf einen Hocker gelegt und dann ohne Umschweife angefangen, seine Theorien über Chile und das Universum zu entwickeln, die schlottrigen Arme erhoben, als hätte ihm jemand zugeflüstert, dass ich voller Neugier, aber in Zeitnot sei. In Chile, dozierte er, sei nur passiert, was passieren musste. Es war, als hätte eine höhere Macht, die wir bezeichnen könnten, wie wir wollten, das Schicksal, die Geschichte, Gott der Allmächtige, eine Partitur geschrieben, und jeder von uns, der eine mehr, der andere weniger, habe darin eine Rolle zu spielen gehabt. Manchen war das Glück beschieden, die Revolution voranzutreiben, anderen, sie zu bremsen, und wieder anderen, sie zu sabotieren und zu zerstören. Weil man von Anfang an um das Kräfteverhältnis wusste, war das Ende vorhersehbar. Aber die wahren Gegebenheiten waren verschleiert, durch den Schein deformiert, fließend.

Er, zum Beispiel, sagte er, und ich hatte den Eindruck, er sagte das mit einem noch etwas stärker eingesunkenen Kopf, seine Haartracht bildete eine Art Kissen oder einen Rahmen aus grauem Haar, er habe sich auf die Seite der Revolutionäre geschlagen. Warum? (Ich fragte mich dasselbe, warum?, vor allem, nachdem ich seine Rede gehört hatte, wischiwaschi wäre das geeignete Wort dafür, und seine bis dahin ins Nichts starrenden Augen mit den tiefen Ringen wandten sich mir langsam und müde zu und sahen mich an.)

Er gab sich die Antwort selbst, zuckte mit den Achseln, und das war fast eine Entschuldigung, obwohl er sich natürlich überhaupt nicht zu entschuldigen brauchte, aus Überzeugung, aus Berufung, aus Instinkt, aus Verachtung gegenüber der elenden Gegenwart und der so ausposaunten Vergangenheit, unsere berühmte Vergangenheit, die nichts weiter war als die Erfindung von ein paar Leuten, ein Lügenmärchen, ein perfekter Scheiß!

»Sie hingegen, Genosse Piedrabuena (Genosse!), haben sich von jung an der Partei der dienstfertigen Bürokraten, der Geschäftemacher und Vermittler verschrieben, die jetzt, wo es zu spät ist, ihre Vermittlungsaktionen bereuen...«

Ich! Das war wirklich gut!

»Ja!«, sagte der Hausherr und interpretierte meine Gedanken perfekt. »Sie!« – Aber es gab keinen Grund, sich einen Kopf zu machen. Die einen hatten die Trommeln geschlagen und die schwarzen Sturmwolken herbeigerufen, und andere hatten auf der süßen Flöte beruhigende Melodien gespielt. – »Ich meine Sie und Ihre Genossen, die in der Nachhut hinter dem Karren der Revolution herliefen, in deren Schlepptau, zur Last geworden, und die ihr bei der kleinsten Unaufmerksamkeit, ihres Lebens froh, Knüppel zwischen die Räder warfen.«

Ich fühlte mich angegriffen und durcheinander. Ich versuchte zu antworten, und der Hausherr hielt mir ein ironisches Lächeln entgegen, ein sanftes, fernes, ironisches Lächeln. »Verhandeln«, sagte er, und öffnete die Hände, »handeln, reden, Kompromisse finden, wie wir es bis zum Ende angestrebt hatten...«

»Fast bis zum Ende«, verbesserte ich ihn.

»Meinetwegen. Also wie ich sagte. Aber das war eine illusorische Alternative. Niemand war bereit, auch nur einen Deut nachzugeben. Man hätte nur verhandeln können, wenn man alle Bedingungen des anderen akzeptiert hätte. Das heißt«, sagte er, und unterstrich den Gedanken mit den Fingern, »indem man sich selbst verleugnet und auf die Seite des Gegners wechselt. Womit sich nichts ändert, oder nur das berühmte Kräfteverhältnis, nicht aber die Natur des Konflikts. Verstehen Sie?«

Ich bejahte die Frage, obwohl ich in Wirklichkeit durcheinander war, wütend, und ihn nicht richtig verstand.

»Und jetzt?«, fragte ich.

Jetzt? Jetzt sei genau wie früher.

»Wie früher?«

»Wie früher!«

Die Positionen der Schauspieler seien eingefroren, und wir seien nun mal Schauspieler, das ganze Land sei zu einer riesigen Bühne geworden mit Hauptdarstellern und zahllosen Komparsen, Chören, Mengen, wechselnden Kulissen. Wenn einer schlichtend, ausgleichend auf die Bühne kam, fraßen die anderen ihn auf, samt Schuhwerk und allem. Wenn wir das Spiel der Allianzen zuließen, würden wir einer Veränderung Tür und Tor öffnen, die uns vom Selben zum Selben führt. Wir würden zwischen dem Nichts und dem Nichts hin- und herpendeln. Oder zwischen der Braunen Bestie und der Brau-

nen Bestie, endlos reproduziert in einem Spiegelkabinett.
»Haben Sie schon über den Horror der Spiegel nachgedacht?«
Ich hatte das Gefühl, der Hausherr könnte sich hinter seinem Lachen auflösen oder in seinem viktorianischen Sessel versinken und verschwinden.
»Und?«, wagte ich zu fragen.
»Und was?«
»Zu welcher Schlussfolgerung kommen wir?«
Das Gespräch hatte sich festgefahren. Es war nicht mehr in Gang zu bringen. Ich stand auf, und der Hausherr tat mühsam, sich auf seinen Stock stützend, dasselbe.
»Ihr Haus ist sehr schön«, sagte ich, um etwas zu sagen.
Er verneigte sich wie ein Konzertmusiker, und die Haarsträhnen fielen ihm ins Gesicht. Als er sich wieder aufrichtete, war er noch verkrampfter, und ich bemerkte, oder glaubte zu bemerken, dass eine seiner Schnurrbartspitzen heruntergefallen war. Hatte ich wieder Visionen wie bei meiner Ankunft, als ich diesen Park hinunterging und prähistorische Echsen an verfallenen Mauern sah? Hinter dem künstlichen Schnäuzer erkannte ich deutlich das von einer schmutzigen Perücke zusammengepresste Gesicht meines Reisegefährten. Die Verkleidung hätte dilettantischer nicht sein können, und ich schämte mich für ihn.
»Könnten Sie Apolinario Canales bitte ausrichten, dass ich gehen muss?«, bat ich ihn und stammelte dabei mehr denn je.
»Mit dem größten Vergnügen«, erwiderte der andere, Apolinario Canales also. Er drehte sich um und verschwand im Dunkeln, in einem Gang, wo ich jetzt Sammlungen von Schmetterlingen und präparierten Insekten, irisierende Flügel und Stachel von Skorpionen erkennen konnte.

Wenig später kam die Frau mit dem weißen Haar auf Zehenspitzen auf mich zu und sagte, Apolinario würde draußen auf der Landebahn auf mich warten. Erschreckt bemerkte ich, dass ihr Haarknoten auch falsch war und dass sich hinter der Maske die Leopardenfrau zu verstecken schien, die von der ersten Begegnung auf dem Kudamm. Während sie näherkam, hatte ich bemerkt, dass sie feste, jugendliche Waden hatte, die überhaupt nicht zu dem weißen Haar passten.

»Wo bin ich nur!«, seufzte ich überfordert. Ich gab Fersengeld und verließ das Haus, draußen empfing mich ein Pfau mit einem schrillen Schrei, der wie eine spöttische Antwort klang.

Oben auf dem Damm saß Apolinario bereits in der Kabine und lachte.

»Dieser kleine Scherz hat mir gar nicht gefallen«, sagte ich. »Ganz und gar nicht!«

»Was für ein Scherz?«

Ich verzog das Gesicht. Ich war nicht bereit, weiter seine Erfindungen, seinen Unsinn, zu tolerieren.

»Wissen Sie, mit wem Sie da gesprochen haben?«, fragte er.

»Mal sehen ... Mit wem soll ich denn gesprochen haben?«

»Mit einem der Fürsten unserer Revolution!«

»Donnerwetter! Und was haben wir von diesen Fürsten? Hätten Sie die Güte, mir das zu erklären?«

»Nun haben«, sagte Apolinario, als der Hubschrauber abhob, »im Grunde haben wir nichts davon ...«

Ich hatte Angst, die Rotoren würden sich in den Baumkronen verfangen, aber ich muss zugeben, der Kerl verstand was vom Fliegen.

»Wie Sie ja wissen«, ergänzte er, als wir unsere Flughöhe erreicht hatten, »ist die Geschichte langsam.«

»Schön«, gestand ich ihm wütend zu, »aber ich glaube, mit

den Methoden und Spielchen, die Ihnen so sehr gefallen, wird sie noch langsamer.«

Ich bat ihn, mich jetzt direkt, ohne Umwege, nach Hause zu bringen, und gähnte ausgiebig, denn das Hin und Her der letzten zwei oder drei Tage hatte in mir eine erdrückende Müdigkeit, eine bleierne Schwere, hervorgerufen.

»Ich werde Sie schon dorthin bringen«, versicherte Apolinario Canales. »Keine Sorge!« – Er zeigte auf den Knopf, mit dem man den Sitz verstellen konnte. »Mixen Sie sich einen guten Drink und ruhen Sie sich aus. Sie müssen nur die Hand ausstrecken.«

Wo war der Fluss geblieben, fragte ich mich, diese mit halber Kraft fahrenden Schiffe mit breitem Bug? In der Ferne suchte ich sie aus der Enge und Zerbrechlichkeit meiner Kabine, aber die Wolken hatten sich am Himmel wieder aufgetürmt.

Ich wachte mit dem Gefühl auf, vierzehn Stunden am Stück geschlafen zu haben, und meine erste Reaktion war, aus dem Bett (oder was auch immer das war) zu springen, aber ich merkte, dass ich festgeschnallt war und mich immer noch in der Kabine dieses verfluchten Hubschraubers befand, neben meinem aalglatten Gastgeber, der frisch rasiert und ausgeruht wirkte und interessiert und amüsiert die Landschaft betrachtete. Wortlos betätigte ich den Knopf, der den Sitz wieder in normale Position brachte und schaute nach links. Als mir klar wurde, was da vor mir lag, versetzte mein Herz mir einen brüsken Schlag von ungewohnter Heftigkeit.

»Hören Sie«, schrie ich, entsetzt und zornig. »Was ist das?«

Apolinario lächelte mit dieser vornehmen Sanftheit, die er manchmal an den Tag legte. Er hatte sich die Kapuze des Overalls übergezogen und eine dunkle Pilotenbrille aufgesetzt, die die Hälfte seines Gesichtes bedeckte. Er sah aus, als erforsche er mit höchster Aufmerksamkeit die Route, die sich unter uns erstreckende Landschaft.

»Aber das sind ja die Anden!«, schrie ich erstickt. Genau das sah ich durch das Fenster, so unglaublich es auch sein mochte: grünliche Krümmungen, riesige karge Abhänge, Gipfel bedeckt von ewigem Eis. Plötzlich sah ich unten ein Dorf, einen Bauern zu Pferd, einen Staub aufwirbelnden, über den Weg holpernden LKW und ein paar ärmliche Hütten.

»Habe ich nicht gesagt, ich würde Sie nach Hause bringen?«

»Sie sind verrückt!«, heulte ich. »Mit welchem Recht haben Sie das getan?«

»Wollten Sie nicht nach all den Jahren Ihre Heimat wiedersehen? Sind Sie denn nicht gerührt?«

»Natürlich bin ich gerührt! Wie soll ich nicht gerührt sein! Aber wo zum Teufel wollen wir landen? Glauben Sie, ich brenne darauf, dass man mir die Eier unter Strom setzt…? Klar! Was macht Ihnen das schon aus! Bestimmt arbeiten Sie für beide Seiten! Und ich Dummkopf…«

»Ganz ruhig!«, erwiderte Apolinario. »Es wird Ihnen nichts passieren. Der interessante Teil unseres Ausflugs fängt jetzt erst an…«

»Unser Ausflug! Wissen Sie was?«

Apolinario ließ sich lediglich dazu herab, mir den von der gelben Kapuze bedeckten Kopf und das hinter der großen Brille verborgene Gesicht zuzuwenden.

»Ich finde«, sagte ich, »Sie sind ein verantwortungsloser Kerl, ein Schwein. Leute wie Sie sind für unsere Niederlage verantwortlich. Wussten Sie das? Wie naiv wir waren! Und wie naiv bin ich immer noch! Eine Einladung von einem

Menschen anzunehmen, den ich nicht mal näher kenne und bei dem ich keinerlei Gewähr habe, ihm vertrauen zu können… Wir waren unterwandert von eingeschleusten Spitzeln, und Sie, kann ich mir vorstellen, waren einer der Schlimmsten. Was auch sonst!«

Die winzige Maschine drang taumelnd, mit leichten Schwanzschlägen in den weiten Raum zwischen den majestätischen Anden im Osten und dem fernen, phantastischen, von einem diffusen Nebel verborgenen Meer ein.

»Genosse, Sie sind einfach zu schüchtern«, sagte Apolinario in seinem friedfertigsten Ton. »Sie werden sehen, die Einladung hat sich gelohnt.«

»Ich würde es vorziehen, wenn Sie mich nicht mit Genosse ansprechen«, sagte ich. »Mit den politischen Scherzen ist es vorbei.«

»Wunderbar«, erwiderte er. »Denn sobald wir auf dem Boden aufsetzen, wird das Wörtchen gefährlich.«

Ich fragte ihn, und ich glaube, während ich ihn fragte, ließ ich meine Fingerknochen knacken, ob wir nicht noch einmal über eine dieser Schneisen fliegen könnten.

»Unmöglich!«, sagte Apolinario und zeigte auf die Tanknadel. Sie war ganz unten, und es ging schon ein blinkendes rotes Licht an.

In dem Moment, ich weiß nicht wie, bekreuzigte ich mich. Mein ganzer Körper war von kaltem Schweiß bedeckt. Die behandschuhte Hand verließ ihre Position und legte sich auf meine Schulter.

»Waren Sie nicht Atheist?«

»Ja«, sagte ich, »aber man hat mir von klein auf beigebracht, mich zu bekreuzigen.«

»Schön«, erwiderte er. »Jetzt geht es zurück in den Mutterschoß.«

»Oder«, verbesserte ich ihn, obwohl mir nicht zum Scherzen zumute war, »geradewegs in die Hölle.«
»Wie Sie wollen!«, sagte er willfährig und machte auf dem Pilotensitz eine Art Verbeugung.

Wir landeten irgendwo in den Bergen, umgeben von Brombeerbüschen, in der Nähe einer Holzhütte. Man sah Hunde, Hühner, eine schielende, verletzte Katze, einen Brotofen, der vom vielen Gebrauch ganz verrußt war, einen Holzzuber, an dem noch Seife klebte, zwei Reihen zum Trocknen aufgehängte Wäsche. Ein barfüßiges kleines Mädchen mit zerrissenem Kleid, schmutzigem, verrotztem Gesicht schaute den Hubschrauber und uns aufmerksam an, aber ohne eine Spur von Überraschung, als wären solch ungewöhnliche Schauspiele für sie nichts Neues.

»Hallo!«, sagte Apolinario, und das Mädchen hob die linke Hand zu einem angedeuteten Gruß, ohne die Miene zu verziehen.

Wir kamen zu einer flachen Lehmmauer mit einem Abschluss aus alten, mehrheitlich abgesplitterten oder kaputten Dachziegeln und einem klapprigen, offen stehenden Tor. Neben dem Tor entdeckte ich in einer Nische etwas, das ich schon ewig nicht mehr gesehen hatte: Ein einfaches Holzkreuz, zwei kreuzförmig übereinander liegende, von ein paar Nägeln gehaltene Holzleisten, und darunter drei oder vier Einmachgläser, in denen Votivkerzen gebrannt hatten. Ich hatte das mit den Seelenhäusern, unserem Volkskult für die Toten, schon ganz vergessen, aber anstatt einen Salto mortale nach dem anderen zu schlagen, hatte sich mein Herz eingerollt, zusammengezogen.

»Gehen Sie durch das Tor«, wies mich Apolinario an und kletterte mit einem Satz auf die Mauer.

Ich sah, wie er auf die andere Seite sprang und sich die Hände rieb. Hatte er dem Holzkreuz ausweichen wollen? Das Wachs in den Gläsern war zerlaufen, und die Überreste von verwelkten Blumen waren auf dem Boden verteilt. Auf der anderen Seite zog Apolinario hinter einem Gebüsch den Overall aus, darunter trug er Jeans und ein Hemd.

»Treten Sie ein!«, befahl er mir energisch winkend, und ich hatte das Gefühl, das Seelenhaus, das knarrende Tor, das wilde Gestrüpp waren bekanntes Terrain. Man könnte mich angreifen, so oft man wollte, ich würde mich zu verteidigen wissen. Ich duckte mich ein wenig und ging durch die Öffnung; auf einer Anhöhe stand eine seltsame Gestalt, die Apolinario anstarrte: ein großer, schlaksiger Kerl mit unglaublich gelber Haut, der einen alten Militärmantel trug, der zu nicht mehr existenten Regimentern gehörte. Die rechte Hand, dürr wie ein Vogelbein, hatte er halb in das Revers geschoben, wie Napoleon Bonaparte. Als er mich sah, zog er sie heraus und hob sie langsam, fast schon feierlich, in die Höhe.

»Keine Angst!«, drängte Apolinario. »Nur hereinspaziert!«

Wir kamen an einen Abhang mit Eukalyptusbäumen, Wegen und steinernen Bänken. Weiter hinten befanden sich auf der rechten Seite Gebäude aus Beton und Holz. Links standen in einem Halbkreis auf freiem Feld fünf oder sechs Personen in der Sonne, ebenfalls in Militärmänteln, wenn auch nicht ganz so antiquiert, und beobachteten gleichgültig eine andere Gestalt in Unterhosen und mit freiem Oberkörper, die einen Papierdrachen steigen ließ. Ich konnte nicht glauben, was meine Augen da sahen, und rief beunruhigt aus:

»Wir sind in der Irrenanstalt!«

»Nicht ganz«, korrigierte mich Apolinario. »Diese Institution verfolgt ein liberaleres Konzept. Hier wird niemand weggesperrt, sondern eine Politik der offenen Türen praktiziert.«

In dem Moment sah ich eine bekannte, trotz der Jahre und der schrecklichen Erlebnisse unverkennbare Gestalt: einen Mann von mittlerer Statur, schlank, normal gekleidet, also ohne den Militärmantel, melierte Hosen, Baumwollhemd, kurzärmeliger Pullover aus dicker Wolle in groben Farben, ziemlich zerlöchert. Er ging langsam einen der Wege entlang und las in einem Buch im Miniaturformat, einem Brevier oder einer Gedichtsammlung, lutschte hin und wieder an einer Zitronenscheibe. Er hob den Blick, blinzelte, schaute irritiert, aber ohne großes Aufheben, als sei er an alles gewöhnt, und lächelte. Es war dasselbe blasse, feine, schöne Gesicht, das ich so gut kannte und das, abgesehen von ein paar Falten und den grauen Schläfen, so jung aussah wie eh und je.

»Faustino Joaquín Piedrabuena!«, rief er aus, als wären nicht mehr als zwei Monate vergangen, seit wir uns zum letzten Mal gesehen hatten. »Was machst du denn hier?«

»Du, Jorgito!«, erwiderte ich, schloss ihn in die Arme und drückte ihn, presste meine Wangen gegen seine, obwohl ich eigentlich nicht zur Überschwänglichkeit neige, zerrte an ihm herum, klopfte ihm auf die Schulter.

»Jorge ist ein alter Freund«, erklärte ich Apolinario und konnte Tränen der Rührung nicht zurückhalten, »und ein verdammt guter Dichter, einer der besten Chiles.«

»Entschuldigen Sie«, sagte Apolinario und reichte ihm die Hand, »aber ich bin in Sachen Lyrik nicht auf dem Laufenden.«

»Er interessiert sich nur für politische Unruhen«, erzählte ich meinem Freund, dem Poeten, und dieser antwortete achselzuckend, an diesem Ort würde ich ein paar Bekannte aus den alten Zeiten antreffen.

»Ich wusste gar nicht, dass du wieder in Chile bist«, fügte er hinzu.

»Das wusste ich auch nicht«, sagte ich und flüsterte ihm ins Ohr, »wir sind inkognito hier.«

»Inkognito? Na dann hast du den Ort gut gewählt. Hier fragt dich keiner was...«

»Vorsicht!«, zischelte Apolinario, der mich gehört hatte. »Keine Indiskretionen!«

»Jorge kann man voll und ganz vertrauen«, sagte ich und fügte, um Apolinario zu beruhigen, hinzu, er sei der Sohn eines kommunistischen Führers aus der Provinz, eines geachteten Mannes, der in Windeseile abhauen musste, denn wenn sie ihn erwischt hätten, hätten sie ihn als einen der Ersten verschwinden lassen. Ich sah meinen Gastgeber verstohlen an und dachte, dass es keine Notwendigkeit gab, ihm so viele Erklärungen zu geben. Denn letztendlich: Wer war er? Wo kam er her? Mal gab er einem unvermittelt ein Gefühl von Ruhe, von Sicherheit, und eine Sekunde später jagte er einem Angst ein, löste Wut aus, Befremden, vor allem das, Befremden.

Der Dichter war derweil zu den Büros gegangen, ein paar Schuppen aus provisorischen Holzwänden, mit Neonbeleuchtung und geschmückt mit Landkarten, Statistiken, offiziellen Porträts. Er sprach durch das offene Fenster, erklärte anscheinend, er habe Besuch von Freunden und wolle mit ihnen einen Spaziergang machen.

»Nicht, dass man sich abmelden müsste«, sagte er. »Ihr seht ja. Die Türen stehen offen.« Aber er tue es aus Anstand, und außerdem habe er eine Freundin unter dem Büropersonal. Dann sagte er, die Busse in die Stadt würden vorne halten, und die Freunde in der Bar Unión Chica würden sich freuen.

»Und wenn jemand meine Papiere sehen will?«

»Wenn du nicht bei einem Protest mitmischst oder in der Öffentlichkeit randalierst, gibt es keinen Grund, dich danach zu fragen.«

Wir stiegen in einen klapprigen Bus, und Apolinario Canales bestand darauf, warum weiß ich nicht, dass wir uns hinten hinsetzen sollten. Ich war berührt von dem Schauspiel des Cajón del Maipo, es ging mir durch Mark und Bein. Als wir nach Santiago hineinfuhren und ich die Kneipen, Zeitungskioske, Bushaltestellen und die dicken Frauen sah, die dort mit einer Einkaufstasche voller Gemüse warteten, wurde ich redselig.

»Dreizehn Jahre!«, rief ich aus.

»Dreizehn Jahre, das ist nichts!«, parodierte mich der Dichter.

Was Apolinario angeht, so wusste ich nicht genau, ob er sich für das Schauspiel in den Straßen interessierte oder ob er verstohlen meine Reaktionen beobachtete.

»Man muss schon sagen«, merkte ich spöttisch an, »die Mauern der Stadt sind ohne die Wahlpropaganda deutlich sauberer.«

»Das ist nicht witzig«, erwiderte Apolinario. »Wenn es keine Wahlen gibt, was soll es dann noch Propaganda geben...«

»Stimmt«, gab ich zu. »Aber die Stadt sieht insgesamt sauberer aus. Und die Ampeln scheinen auch besser zu funktionieren.«

»Sie funktionieren nicht nur besser«, antwortete Apolinario, »es gibt auch viel mehr davon. So wie es im Schatten der Ampeln jetzt auch mehr Verkäufer für gebackene Kartoffeln, Schokolade und Eiswürfelschalen gibt...«

»Alles wird mehr«, stellte ich fest, und der Dichter sagte lachend, mit der Hand die Löcher in seinem Gebiss verbergend, das Land mache Fortschritte an allen Fronten: bei der Organisation der Entlassenen ebenso wie bei der Organisation der Schlagstöcke und Galgen.

An der Ecke San Diego und Alameda stiegen wir aus dem Bus und kämpften uns durch die Masse der fliegenden Händler. Die Banken und Wechselstuben waren wie Pilze aus dem Boden geschossen, und die Zinsen wurden auf Tafeln angegeben, hochgerechnet auf dreißig Tage, auf fünfunddreißig, auf neunzig, in einer Währung, die jetzt Unidad de Fomento hieß, in Dollar, in gemeinen Pesos.

»Das Problem ist«, sagte ich, als wir in die Nähe der Unión Chica kamen, »dass ich nur ein paar deutsche Mark dabei habe. Da ich nicht vorhatte, so weit zu verreisen...«

»Deswegen machen Sie sich mal keine Sorgen«, sagte Apolinario, »Sie regen sich wegen jeder Kleinigkeit auf.«

Ein Schwarm Polizisten befand sich vor den Treppen des großen Clubs, weiße Motorräder, die Blinklichter und akustische Signale aussandten, und ich hatte dieses Gefühl, dass wir in meiner Kindheit, auf der Schule von Talca ›Schiss‹ nannten. Wir gingen durch die Tür der Bar Unión Chica, es war noch immer dieselbe wie früher, und vor lauter Schiss bekam ich weiche Knie. Ich hätte nie gedacht, dass man sich in einer Irrenanstalt wesentlich sicherer fühlen kann. Die Bar kam mir nach all den Jahren enger, dunkler, schmutziger vor, und ich erinnerte mich fast wehmütig, nein richtig wehmütig – warum es nicht aussprechen, Gefühle sind so trügerisch, so umkehrbar –, an eine andere Bar an einem Kanal, auf deren Tischen Lampen mit dunkelroten Schirmen standen und wo wir einen ebenso dunkelroten Tokaier pichelten, während ein alter Geiger Melodien aus den zwanziger Jahren spielte, begleitet von einem Orchester auf Kassette. *Ah, Humanity!,* würde Bartleby sagen, der an Katatonie leidende Schreiberling. Es war ein Ort, an dem ich in den endlosen Berliner Wintern Trost suchte, während der Schnee auf zu Eis gewordenes Wasser fiel, aber der hier war anders, klar, es war die alte Klatschecke, der Ort unserer Besäufnisse, unserer Schmerzen, unserer Illusionen.

»Ich habe Sie ja ewig lange nicht mehr gesehen«, sagte der Mann an der Theke, der dicker geworden und auf eine melancholische, nicht rückgängig zu machende Weise ergraut war und bei dem man jetzt eine Narbe in der Mitte der glänzenden Glatze sah. Er sagte das, nachdem er mich eine Weile von der Seite angesehen und dabei unaufhörlich mit einem Lappen über die Theke gewischt hatte, und fügte hinzu:

»Darf es etwas sein?«

Ich hatte Lust auf einen Wein aus der Heimat nach all der Zeit, und er wählte eine Flasche von guter Qualität und goss mir ein Glas ein.

»Geht aufs Haus«, sagte er.

»Siehst du!«, sagte ich zu Jorge, und ich spürte, dass der Schiss langsam nachließ. »Das habe ich immer gesagt. Hier weiß man zu leben. Auch wenn wir arm sind wie die Kirchenmäuse, total unterdrückt und am Ende.« – Ich betrachtete mich im Spiegel, zwischen den aufgepinselten Namen der Gerichte – Bohnen, *guatitas a la chilena*, weißer Thunfisch mit schwarzer Butter –, und fügte hinzu: »Ich bin in den letzten drei Tagen ein wenig weinerlich«, denn ich war gerührt, meine Augen glänzten, und ich fühlte mich in dem Stimmengewirr, zwischen dem Geschrei, den klirrenden Gläsern und dem klappernden Geschirr wie ein pausbäckiges Kind, das schmollte.

Apolinario tat so, als würde er das Lokal wiedererkennen, und Jorge, der Dichter, grüßte eine Gruppe von Dominospielern. Sie spielten, wie sie sagten, auch in der Anstalt und zeigten sich sehr überrascht, ihn am Ort ihrer Sünden zu sehen. Einer der Spieler flüsterte ihm etwas ins Ohr und sah dabei zu mir herüber, stand dann sofort auf und kam feierlich auf mich zu.

»Du erinnerst dich nicht ...«, sagte er und senkte die Stimme. »Ich war auch in der Kompanie ...«

»Natürlich erinnere ich mich!«, rief ich aus und wollte ihn umarmen.

»Vorsicht«, warnte er. »Hier ist alles voller Spitzel«, und dann sah er zu Apolinario Canales hinüber, um das Thema zu wechseln.

»Ich glaube, ich habe Sie schon mal irgendwo gesehen.«

»Sie müssen mich mit jemandem verwechseln«, sagte Apolinario.

»Das glaube ich nicht«, sagte der Dominospieler entschieden. »Ich habe ein exzellentes Gedächtnis für Gesichter.«

Apolinario sah ihn seltsam an, ich weiß nicht, ob ironisch oder wütend, und fasste den Dichter am Arm, der jetzt lebhaft über Boxer aus der Ära von Ángel Firpo und Quintín Romero diskutierte. Ich erinnerte mich an andere dichterische Bravourstücke von ihm von weitaus geringerem Anspruch, ein Genre, das er pflegte, wenn er eine Pause in seinem lyrischen Schaffen machte.

Daran dachte ich, als von der Straße her der große, leichenhafte Kerl hereintrat, den wir bei unserer Ankunft auf dem Hügel mit der Hand an der Brust gesehen hatten. Es sah aus, als sei er uns gefolgt, es sei denn, die Bar Unión Chica war ein Lokal, das regelmäßig von den Patienten der Einrichtung aufgesucht wurde. Jetzt bemerkte ich, dass er unter dem Militärmantel ein schmutziges Hemd trug, aus dessen Ausschnitt graue Haare hervorquollen, und darüber hing ein goldenes Kreuz.

»Das ist das Einzige, das sie mir nicht gestohlen haben«, erklärte er und hielt es uns hin.

»Wer?«

»Na wer schon!«, rief er aus, und schaute über meinen

Kopf hinweg argwöhnisch zu Apolinario, der es plötzlich eilig hatte und sich auf Zehenspitzen davonschlich.

»Ich habe das Gefühl, ich reise in Begleitung des Teufels«, flüsterte ich Jorge ins Ohr und dachte, er mit all seinem ruhenden Wissen könne mir weiterhelfen.

»Das würde mich nicht wundern«, flüsterte er.

»Und warum würde dich das nicht wundern?«, hakte ich nach.

»Weil mir sein Gesicht nicht gefällt. Außerdem färbt er sich das Haar, und ich meine sogar, er verwendet ein wenig Lidschatten.«

»Europäische Sitten«, sagte ich.

»So nennt man das jetzt«, sagte der Dichter und hielt sich die Hand vor den fast zahnlosen Mund.

»Vielleicht ist er schwul«, flüsterte ich, weil ich mich verstimmt an das Erwachen nach der ersten Nacht unserer Reise erinnerte, einer Reise, die klar umrissen angefangen hatte, mit einer präzisen Verabredung, und von der ich jetzt nicht mehr wusste, wann sie enden oder wo sie mich hinführen würde.

»Heiliger Strohsack!«, sagte ich, wie einer aus Talca sprechend, und ich spürte, wie mir der Boden unter den Füßen entglitt.

»Was meinen Sie?«, fragte der mit dem altmodischen Militärmantel, und weil er sah, dass ich mit den Achseln zuckte, fuhr er fort: »Haben Sie nie Alberto Blest Gana gelesen?«

»Natürlich habe ich den gelesen!«

Der Kerl hatte meinen Stolz verletzt. Ich hatte mich immer damit gerühmt, die chilenische Literatur gut zu kennen, und in einem Text aus den fünfziger Jahren, an den ich mich nicht mehr erinnern will, sogar behauptet, Blest Gana sei der direkte Vorläufer des lateinamerikanischen sozialistischen Realismus. Möge Gott uns befreien!

»Erinnern Sie sich an den Loco Estero?«

»Wie sollte ich mich nicht an ihn erinnern! Estero ist ein liberaler Offizier, der in den Bürgerkriegen nach der Unabhängigkeit von den Konservativen geschlagen wird, und seine Schwester lässt ihn mit Hilfe der Polizei für verrückt erklären, um ihm ein paar Parzellen Land oder ein Landhaus mit Obstplantagen abzujagen ... Ist doch so, mein Freund?«

»Genau!«

Der Kerl ging zwei Schritte zurück, vollführte ein paar Ablenkungsmanöver für die Denunzianten, die Spitzel, und wollte zugleich, dass ich seine seltsame Gestalt in voller Größe wahrnahm. Ich hatte das Gefühl, ich stünde vor einem großen Pelikan aus dem Jenseits. Und nachdem der Pelikan mir ein paar Sekunden Zeit gelassen hatte, um ihn anzusehen, kam er auf mich zu und sprach mir mit näselnder Stimme und ekelerregendem Atem ins Ohr:

»Nun ... Ich bin der Loco Estero! Und wie Sie bestimmt wissen«, er senkte die Stimme und schaute vorsichtig zu beiden Seiten, wo zwei Typen ihr Bier tranken und mit übergeschlagenen Beinen Zeitung lasen und sich totstellten, »meine Schwester und der Polizeichef ... « – Er machte eine obszöne Geste und schob den Zeigefinger der rechten Hand mehrfach in das Loch, das er mit der linken gebildet hatte. Er machte das voller Wut, mit einer untröstlichen Wut, aber so, dass die Spitzel in der Nähe es nicht mitbekamen, und dann zeichnete er, an den Mann an der Theke gerichtet, mit den Fingern ein Glas in die Luft.

»Sie trinken besser nichts«, riet ich ihm, weil ich die ewigen Streitereien unter Betrunkenen noch in Erinnerung hatte, in die man in Chile immer gerät.

»Wenn ich schon geheilt wäre, dann wäre ich doch nicht in der Anstalt!«, protestierte er. »Ich trinke sehr wenig ...« Und dann fügte er hinzu, nachdem er mich von Kopf bis Fuß gemustert hatte: »Man sieht, dass Sie in Ihrem verdammten Leben nie Blest Gana gelesen haben...«

»Ich habe ihn sehr wohl gelesen!«, erwiderte ich pikiert und dachte zugleich, wie unsinnig es war, sich über das Gerede eines Verrückten aufzuregen, und vor allem eines Verrückten, den es nur in der Literatur gab. Seit dieser Begegnung in dem Café am Kurfürstendamm geschahen mir wirklich seltsame Dinge... Da fiel mein Blick auf den hinteren Teil des Lokals, und ich sah eine offene Tür und einen Apolinario Canales, der mir mit einem Finger ein Zeichen gab. Es ist Zeit, diese Gefilde zu verlassen, schien er sagen zu wollen. Es war nur eine Station auf unserer Wallfahrt.

»Lassen Sie mich auf Wiedersehen sagen«, deutete ich ihm von weitem an, aber er winkte entschieden ab, und als ich auf ihn zukam, sagte er, es sei besser, wenn ich mich von niemandem verabschiedete. Warum Aufmerksamkeit erregen? Mit großem Schmerz, denn ich ahnte, dass es jetzt zu einer einschneidenden Trennung kommen würde und eine andere, vielleicht noch düsterere Etappe unserer Reise begann, warf ich noch einen Blick auf den Dichter, den Loco Estero, auf die Dominospieler, auf die karikaturesken Spitzel mit ihren ausgebreiteten Zeitungen und ihren beschlagenen Brillen. Ich ging davon aus, dass der Dichter, nach dem dritten oder vierten Glas, betrunken wie er war, sich nicht einmal mehr an die Begegnung mit mir erinnern würde, und der Verrückte diskutierte angeregt mit dem Kellner, trank bedächtig seinen Wein und fragte ihn vielleicht, ob er je die Werke des chilenischen Balzac gelesen habe.

Ich gestattete mir also noch diesen Blick, der der letzte sein konnte, und machte mich auf den Weg. In dem künstlichen Licht bemerkte ich, dass Apolinario eine tolle Lederjacke angezogen hatte, die perfekt zu seinen guten Bluejeans und den festen Schuhen passte. Wir gingen durch einen Gang, der an den Toiletten vorbeiführte, und mussten uns gegen die Wand pressen, um an einem Kerl vorbeizukommen, der mit seiner Fettleibigkeit den ganzen Gang ausfüllte und vor Atemnot keuchend in das Telefon schrie, man solle eine gewisse Person in die Mangel nehmen, um sie zum Reden zu bringen. Apolinario öffnete am Ende des Ganges eine mit Wandornamenten getarnte Tür; die Wand war einmal rot und mit Schmuckgirlanden verziert gewesen, aber jetzt sah man den abgesprungenen, schmutzigen Putz.

Faustino erinnert sich, dass sie eine schmale, nicht enden wollende Treppe hinunterstiegen, die Stufen waren erst aus Beton, die letzten hingegen aus abgenutztem, morschem Holz, und in ihrem maroden Zustand hätten sie leicht unter dem Gewicht von zwei Leuten brechen können. Sie stießen eine vergitterte Tür auf, die aussah, als führe sie zu einem Hühnerstall, und dann befanden sie sich in einem gefliesten Innenhof, der nur von drei schwachen Glühbirnen erhellt wurde. Man hörte die effekthascherischen, übertrieben romantischen, aber immer wieder schönen Akkorde des Zweiten Klavierkonzerts von Sergej Rachmaninow, die aus einem irgendwo vergrabenen, lärmenden Radio drangen. An einer der zerfallenen Mauern konnte man noch eine ungelenke Schrift lesen: SALVADOR ALLEND… Niemand hatte sich offensichtlich die Mühe gemacht, diese Inschrift zu entfernen. Es gab noch ein Zimmer, dessen Tür offen stand, und sie konnten im Halbdunkel einen Holztisch erkennen, zwei Strohstühle, ein paar vergilbte, schlecht gedruckte Prospekte, ein Poster von Che Guevara mit Baskenmütze und Stern und ein weiteres von der Agrarreform.

»Eine Umwälzung«, erklärte Apolinario, »kann, ganz gleich, wie heftig sie ist, die Vergangenheit nicht vollständig auslöschen. Es bleiben immer Überreste...«

Als Faustinos Augen sich an die Lichtverhältnisse gewöhnt hatten, stellte er fest, dass der Raum ziemlich groß war und dass weiter hinten, wo es dunkler war, zwei oder drei Zigaretten glühten.

»Kommt rein, Genossen«, sagte eine Stimme. »Setzt euch. Man hat uns schon gesagt, dass ihr hier unterwegs seid.«

»Funktioniert gut, die Hexenpost!«, rief Apolinario zufrieden aus.

Da waren eine dicke Frau mit den Zügen einer Mapuche-Indianerin, die ihr glattes Haar zu einem Zopf geflochten hatte wie die araukanischen Heldinnen auf den historischen Bildern am Anfang der Republik; ein kleiner, dünner Mann mit hängendem Schnurrbart; noch eine Frau mit feinem, aber sehr verwüstetem Gesicht, mit ergrautem Haar, und zwei oder drei Gestalten, die fast nicht zu sehen waren.

»Wir organisieren einen Festakt für den 11.«, verkündete einer. »Die Genossen aus Berlin sind eingeladen, an unseren Planungen mitzuwirken.«

»Wir danken für euer Vertrauen, Genossen«, sagte Apolinario und schaute auf seine riesige Armbanduhr voller Zifferblätter, Zeiger und bunter Zahlen, »aber aus Programmgründen haben wir nur fünf Minuten.«

Apolinarios schnelle Antwort versetzte den Wortführer in Erstaunen. Der Kerl hatte es in sich! Und in den fünf Minuten wurde kurz und knapp, als würden alle respektieren, wie wichtig seine Zeit war, darüber diskutiert, wer bei dem Akt sprechen könnte, wer Gitarre spielen und den Abend mit ein paar Protestliedern beleben könnte, über Dichter, die ihre Verse von einem in der Mitte des Innenhofs aufgestellten Podium aus vortragen könnten (denn der Festakt würde genau dort stattfinden, auf bereits befreitem Territorium, wie jemand halb im Scherz sagte), und über eine Malerin und Dekorateurin, die nicht im Untergrund lebte, sich aber über eine vertrauenswürdige Kontaktfrau angeboten habe.

Die Malerin wurde sofort abgelehnt: Vor ein paar Jahren war ein Bild von ihr im Museo Oficial ausgestellt worden, und es hieß, einer der Dichter sei ›dekadentistisch‹ – genau so, mit diesem Terminus – und ein Freund eines prominenten Literaturkritikers der Rechten. Dann sagte jemand, einer der Gitarristen sei zu einem staatlichen Fernsehprogramm eingeladen gewesen, was ihn hochgradig verdächtig mache, und ein anderer Dichter habe sich dazu hinreißen lassen, seine Verse für eine regierungsfreundliche Anthologie zur Verfügung zu stellen. Der Meinungsaustausch ging rasch vonstatten. Es war schwierig, alle Details mitzubekommen, die Anspielungen, alles, was in den Worten noch mitschwang. Am meisten sagte und protestierte ein Mann im Dunkeln, und die anderen gehorchten aus irgendeinem Grund, vielleicht weil sie sein Gesicht nicht sahen. Er sprach mit merkwürdigem Akzent, mit deutschen Einsprengseln – *ja*, *doch*, *ne* – in jedem Satz, als wäre er gerade aus dem Exil zurückgekommen.

»Wir sind ein kleiner Haufen, *ne*«, sagte er, »und ziemlich weit weg, *ne*«, – er meinte das Leben jenseits des Untergrundes –, »und wir müssen unsere blütenweiße Weste doch bewahren, *ne*?«

»Sie wähnen sich immer noch im Exil«, erklärte Apolinario später. »Ein Exil im Untergrund. Deshalb reden sie so.«

Faustino war perplex, und er sagte sich, dass es vielleicht gar nicht so schlecht war da, wo er war. Oder wo er bis vor kurzem noch gewesen ist, denn …

Apolinario blieb vor der Öffnung eines Lastenaufzugs stehen und drückte einen blauen Knopf. Die alten Stahlkabel, schwarz vom Öl, bewegten sich mit quietschenden Rädern und Antriebsscheiben. Der Hof war ungefähr drei Stockwerke tief. Oben sah man das Licht eines grauen Winternachmittags, gedämpft von einem Netz aus dickem Draht. Offensichtlich warfen die Leute von der Straße aus oder aus den Nachbargebäuden allen möglichen Abfall auf dieses Netzgewebe, und so drangen die Sonnenstrahlen nur schwer durch das schmutzige Papier, die Bananenschalen, die kaputten Schuhe, die Knochen, und es war sogar, wenn auch undeutlich, eine tote Katze zu erkennen.

Faustino wollte Fragen stellen, aber dann besann er sich eines Besseren und zog es vor, darauf zu verzichten. Der Lastenaufzug fuhr, bedient von Apolinario, langsam nach oben, quietschend und wackelnd, und der Hof mit seinen schmutzigen Bodenplatten, dem Abfluss in der Mitte und dem Zimmer, in dem man im Dunkeln verhandelte, entfernte sich immer mehr.

»Jetzt gehen wir in den anderen Club«, kündigte Apolinario an.

»In den richtigen?«

»In den richtigen.«

»Ich war da noch nie drin«, sagte Faustino und versuchte, in der tiefen Dunkelheit, aus der es irgendwoher tropfte, Apolinarios Gesicht zu erkennen, und dachte, dass es ihm gar nicht gefallen würde, wenn ausgerechnet jetzt der Lastenaufzug kaputtginge. »Aber nicht, weil ich nicht gekonnt hätte. Wie Sie wissen, bin ich einer der Piedrabuenas aus Talca, und meine Familie ...«

»Psst«, herrschte Apolinario ihn an.

Faustino befand sich, ohne zu wissen, wie er dahin gekommen war, in einer riesigen Küche, zwischen Köchen und

Küchenhilfen, die ihn ohne jede Überraschung ansahen, als wäre es ganz normal, dass Leute hereinkamen, oder als hätte man ihnen beigebracht, keinerlei Überraschung zu zeigen, unter keinen Umständen. Von dort betrat er einen flauschigen Teppich vor einem großen Geländer aus Bronze und Schmiedeeisen, das ein monumentales Bullauge aus farbigem Glas umgab. Er dachte wieder unangenehm berührt an seine Schuhe aus Kunstleder, die auf diesem Teppich, vor diesem Geländer noch hässlicher und gewöhnlicher aussahen.

»Niemand achtet auf Sie«, flüsterte ihm Apolinario zu, als könne er seine Gedanken lesen. »Seien Sie nicht naiv!«

In dem Moment kam aus dem Dunkel geräuschlos ein dunkelgrau gekleideter Mann von mittlerer Statur auf sie zu, das in der Mitte gescheitelte Haar mit Pomade zurückgekämmt. Er grüßte sie mit einem Kopfnicken und drückte vorsichtig die Rokoko-Klinke einer hohen weißen Tür mit glänzenden Goldleisten herunter. Drinnen befand sich ein endlos langer Bankettisch, geschmückt mit Blumenarrangements auf Schalen aus massivem Silber und festlich eingedeckt. Es mussten mehr als hundert Gäste sein, vielleicht sogar mehr als zweihundert, eine Männergesellschaft, deren Durchschnittsalter wohl die siebzig überstieg. Es herrschte Totenstille. Die dunkelblau gekleideten Kellner hatten sich auf Zehenspitzen zurückgezogen und lehnten reglos wie Statuen an den Wänden.

»Hier entlang«, sagte Apolinario und zeigte auf eine diskrete Ecke hinter einer riesigen chinesischen Porzellanvase auf einem Marmorsockel. Und angesichts von Faustinos Panik wiederholte er: »Es interessiert hier niemanden, dass wir hier sind. Ganz ruhig!«

Der Hauptredner, der einen zentralen Platz im Raum einnahm und auf einem majestätischeren Sessel saß als die anderen – er war höher und hatte vergoldete Armlehnen –, erhob sich. »Meine Herren«, sagte er, und da keine Damen anwesend waren, fügte er hinzu: »und Herren!« Binnen weniger Sekunden fing er an zu schreien, denn es gab kein Mikrofon, und er wollte zweifellos auch in der letzten Ecke gehört werden. Die blauvioletten Halsadern schwollen an, als würden sie gleich platzen und als würde seine Rede ihn mit nicht zu unterdrückender Empörung erfüllen. Die Tischgesellschaft saugte seine Worte mit feurigen Blicken auf, ganz anders als die Kellner, die nicht zuhörten oder, besser gesagt, die gezwungen waren, so zu tun, als ob sie nicht zuhörten. Trotz des hohen Durchschnittsalters der Versammelten sah man in der Nähe des Redners junge, glatte Gesichter, so als sollte betont werden, dass seine Worte auch mit der Zukunft zu tun hatten, und vielleicht sogar mehr mit der Zukunft als mit der Vergangenheit. Es ging anscheinend darum, eine heftige Attacke zu parieren, die die Schwarzen Mächte, gemeinsam mit den Infiltrierten, den Waschlappen, den Zögerlichen, den Korrupten, gegen sie ritten. Der Redner schlug vor, zwischen ihnen, den Unantastbaren und Reinen, die Mauern eines uneinnehmbaren Systems zu errichten, das keine Diktatur sein solle, auf keinen Fall, aber auch keine nachsichtige Demokratie, sondern das Gegenteil. Das Gegenteil wovon? Das Gegenteil vom Gegenteil! Und die Köpfe der Anwesenden, deren faltige Haut über den steifen, gestärkten, weißen Krägen besonders auffiel, stimmten mit unergründlichem Ernst zu oder unterbrachen die Rede, um zu applaudieren oder ein Silberlöffelchen gegen ein Glas aus geschliffenem Kristall zu schlagen.

Faustino war baff, sprachlos. Sein Herz schlug wie wild. Der kalte Schweiß war ihm ausgebrochen. Er hatte das Gefühl, seine Knie würden weich und jeden Moment einknicken. Er schaute im Schutz der herabhängenden Henkel der Vase seinen Reisegefährten an, als wollte er sagen: In was für Geschichten Sie uns da hineinziehen!

Aber Apolinario Canales strich sich über das Kinn, anscheinend in einen fernen, diffusen, leicht spöttischen Traum versunken. Faustino stellte fest, und er wunderte sich, dass ihm das nicht schon vorher aufgefallen war, dass der Nagel seines rechten Zeigefingers sehr lang und schwarz war, als wäre er von einer ansteckenden Pilzkolonie befallen.

»Ich habe den Verdacht«, sagte ich zu meinem Begleiter, »dass all das nur ein Scherz ist.«

»Ein Scherz! Jetzt verstehe ich nicht…«

»Ich auch nicht. So ein Riesenraum. Und all die Komparsen, Gäste und Kellner, da kommen mehr als zweihundert Personen zusammen. Aber sie scheinen offenbar über beachtliche Mittel zu verfügen…«

»Und Sie glauben wirklich, mein Freund, dass ich nur für Sie eine komplette Bühne mit Hunderten von Schauspielern aufgebaut habe?«

»Ich glaube gar nichts. Ich bin perplex, das ist alles. Und ich habe meine Gründe dafür. Wissen Sie, was einer der Kellner, ein älterer, der an einer Statue lehnte und die Rede mit ekstatischer Begeisterung verfolgte, zu mir sagte?: ›Immer wenn ich ihn so reden höre, komme ich.‹ Das hat er zu mir gesagt! Instinktiv schaue ich auf seine Hose, ich wollte nicht unhöflich sein, verstehen Sie das bitte nicht falsch; der arme Teufel hatte dort einen riesigen Fleck, den er überhaupt nicht zu verbergen trachtete, als wäre er eine Auszeichnung, ein Orden…«

»Wundern Sie sich nicht«, sagte Apolinario achselzuckend. »Wir haben schon Schlimmeres erlebt. Und wir haben noch viel vor uns…«

»Dann hörte ich, wie ein paar Alte über die Monarchie sprachen, denn der Redner hatte ihrer Ansicht nach in dem ihm eigenen elliptischen Stil eine solche angekündigt, und einer sagte zum anderen, er sei zufrieden, wenn man ihn zum Marquis ernenne, zum Marquis von Aculeo, denn dort liege sein Gut, in Aculeo, in der Nähe des Sees. ›Und mich sollen sie zum Herzog von Mostazal ernennen‹, sagte der andere. ›Nun übertreib mal nicht!‹, sagte der Erste, sichtlich verärgert. ›Wenn man mich zum Marquis ernennt, dann kannst du allerhöchstens auf den Titel eines Vicomte hoffen.‹ Ich sah, dass sie rot anliefen vor Zorn, ihre Stöcke erhoben, bereit, aufeinander einzuschlagen, aber in dem Moment kam der Hauptredner und schüttelte allen die Hände, lächelte ihnen zu. Ich machte mich schnell aus dem Staub, aus Angst, ich müsste ihm die Hand geben.«

»Was sind Sie nur für ein Tölpel!«, rief Apolinario aus. »Wussten Sie nicht, dass Höflichkeit dem Mut keinen Abbruch tut?«

»Alles hat seine Grenzen«, sagte ich. »Auf dieser kleinen Reise, die Sie sich ausgedacht haben, wird es mir immer wieder schwindelig. Auf einmal weiß ich nicht mehr, ob ich noch ich bin oder ein anderer...«

An dieser Stelle machte Apolinario ein intelligentes Gesicht, als hätte sich in seinem Kopf eine Idee festgesetzt.

»Wären Sie so liebenswürdig, mir zu verraten, wann wir zurückfahren?«, drängte ich. »Finden Sie nicht, dass es schon ziemlich spät ist?«

»Vor morgen können wir nicht weg«, sagte Apolinario und tippte mit dem Zeigefinger mit dem kranken Nagel auf das Zifferblatt seiner Uhr. »Wissen Sie denn nicht, dass um diese Zeit immer eine Ausgangssperre verhängt wird?«

»Ausgangssperre!« Ich hatte das Gefühl, meine Hoden

schrumpften, als wäre ich bereit für Stromstöße an den Genitalien. Ich wollte aufheulen, aber in der Umgebung konnte ich das natürlich nicht. Wir hatten, ohne dass ich es bemerkt hätte, die Stadt durchquert und waren an einem Ort angelangt, an dem alles aus Glas bestand, aus Aluminium, mit Spiegeln, Lehnen aus schwarzem Leder und grünlichen Lichtern, die an künstliches Blattgrün erinnerten.

»Ich bitte Sie!«, flehte ich.

»Jetzt seien Sie keine Memme!«, sagte Apolinario. »Sie werden sehen, dieser Ort hat mehr zu bieten. Ich empfehle Ihnen, trinken Sie eine Menthe frappée, die Spezialität des Hauses, und entspannen Sie sich ein wenig.«

Und dann trank ich aus einem bunten, psychedelisch glitzernden Strohhalm, drang in Schichten von gestoßenem, grünem Eis vor, während die Bar sich mit vergnügt lärmenden Gästen mit arrogantem Auftreten füllte, sportlich, aber teuer gekleidet, rote Jacken, gelbe Seidenhosen, tief ausgeschnittene Blusen aus silbrigem Lamé. In der Luft lag eine Kombination aus Weihrauch, teuren Parfums und Rauchschwaden mit einer Spur Marihuana oder Hasch.

»Später, wenn Sie ausgeruht sind und Ihr Kopf wieder frei ist«, sagte Apolinario, »werde ich Ihnen einen Vorschlag unterbreiten…«

»Einen Vorschlag?«

»Genau. Ich werde Ihnen einen Pakt vorschlagen. Einen Pakt, der Ihnen brutal guttun wird. Und der Ihnen mit einem Federstrich all Ihre Verlegenheit, all Ihre Ängste nimmt.«

»Einen Pakt!«

»Geduld! Ich werde es Ihnen in allen Einzelheiten erklären. In der Zwischenzeit sollten Sie darüber nachdenken, was Sie hier, in Ihrem Land, gern tun würden. Gelegenheiten wie diese gibt es nicht alle Tage…«

»Mit Ihnen zu reisen ist, wie ich sehe, ein großes Privileg.«

»So ist es«, erwiderte Apolinario. »Warum sollte ich das bestreiten ...«

Dann sah ich mir, schon ruhiger, die großen Fotografien an den Wänden an, Szenen aus Amerika zur Zeit der Prohibition: eine blonde Schauspielerin, Jean Harlow?, die hysterisch lachend ihrem Begleiter in die Arme sank; Fred Astaire, noch sehr jung, der auf einer Bühne steppt, die den Himmel darstellen soll; Al Capone beim Verlassen eines Luxushotels, umgeben von Leibwächtern, mit einer dicken Zigarre zwischen den wulstigen Lippen ...

»Um ehrlich zu sein, wenn wir schon mal hier sind, wissen Sie, würde ich sehr gerne meine Tochter sehen. Die Flugreise hat mich so sehr verwirrt, sie hat mir solche Angst gemacht; ich muss gestehen, ich habe mir den ganzen Tag vor Angst fast in die Hosen gemacht, und ich war so gerührt, dass ich keinen klaren Gedanken fassen konnte. Aber jetzt, wenn Sie sagen, dass alles möglich ist ...«

»Das ist nicht nur möglich. Es ist ein Kinderspiel!«

»Aber wie sollen wir ihr Bescheid geben, ohne sie allzu sehr aufzuregen? Ehrlich gesagt, würde ich alles geben, um sie sehen zu können. Wenn ich sie gesehen habe und weiß, dass es ihr gut geht, dann könnte ich mich in mein Loch am anderen Ende der Welt zurückziehen und in Ruhe sterben ...«

»Gut, abgemacht. Was möchten Sie sonst noch tun?«

»Sonst noch? Ein paar Orte besuchen vielleicht.« Ich tauchte meinen psychedelischen Trinkhalm in die grünen Eiskristalle. Überrascht stellte ich fest, dass die Streichholzschachteln die Form von kleinen Särgen hatten. »Zum Beispiel frittierten Fisch in einer Kneipe namens Don Maule essen, sofern es die noch gibt, sie liegt an der Mündung des Maule. Klar, Sie mögen offenkundig keine billigen Speisen ...«

»Ich mag alles«, stellte Apolinario richtig. »Gewöhnen Sie sich an, die Menschen nicht durch die Brille des Vorurteils zu betrachten.«

»Also gut, wenn Bitten nichts kostet, dann möchte ich gerne auf einer Bank auf der Plaza von Talca unter einem Paprikastrauch sitzen und die Stimme des Mädchens hören, in das ich mich als Junge bis über beide Ohren verliebt habe, auf ebenjener Bank, an einem Novemberabend...«

»Nun, das betreffende Mädchen ist kein solches mehr, um es einmal so auszudrücken. Aber die Stimme, die Sie in Ihrer Nostalgie für einzigartig und unwiederholbar halten, die gibt es noch, mit all ihrem Charme und ihrer Verführungskraft...«

»Lassen Sie doch die Märchen!«

»Gut«, sagte Apolinario mit hämischer Miene, stellte seine Menthe frappée beiseite und stand flink auf. »Ich werde es Ihnen beweisen.«

»Hey! Wo gehen Sie hin? Kommen Sie mir nicht wieder mit Ihren Tricks!«

Aber Apolinario Canales ging entschlossen, selbstsicher, mit den Schritten eines Raubtiers zu einem Tisch weiter hinten, fühlte sich zwischen all den Leuten wie ein Fisch im Wasser und streckte den Arm aus, um jemanden zu rufen.

»Margarita de la Sierra«, sagte Apolinario.

»Guten Abend«, sagte das Mädchen mit einem Nicken und setzte sich.

»Margarita de la Sierra? Was für ein hübscher Name!«

»Und die Stimme? Was sagen Sie zu der Stimme?«

»Die Stimme?«

Bevor ich antwortete, atmete ich tief ein, die Hände überkreuz. Zu viele Jahre war ich, merkte ich, dem strengen Regiment meiner Musiklehrerin unterworfen gewesen.

»Die Stimme fasziniert mich. Ja, sie fasziniert mich ... Aber ich wollte Sie um einen Gefallen bitten, Margarita.«

Das Mädchen zog die Augenbrauen hoch, hob die in langen, glänzenden Wimpern endenden Lider und schaute mich erwartungsvoll an. Ihr blaues, maßgeschneidertes Kostüm ähnelte der Schuluniform der Gymnasiastinnen, und ich hatte das dumpfe Gefühl, sie oder ihr Schneider oder wer auch immer hatte diese Ähnlichkeit beabsichtigt. Über dem Kragen des Kostüms schwebten die Knoten, die Blonden, die Spitzen einer luftigen weißen Bluse. Ein schwarzes Samtband band das blonde, aufgeplusterte Flachshaar zu einem Pferdeschwanz zusammen. Das Gesamtbild entsprach einem Medaillon, einem Medaillon von früher, eingelassen, so stellte ich mir vor, in das Dunkel eines Schlafzimmers mit heruntergelassenen Jalousien, zwischen den trockenen Wedeln eines fernen Palmsonntags.

»Worum ich Sie bitten möchte«, flüsterte ich ihr zu, »ist, dass Sie ein wenig sprechen. Denn wenn Sie nicht sprechen, kann ich Ihre Stimme nicht beurteilen ... Verstehen Sie?«

Margarita de la Sierra stimmte mit einer Bewegung ihrer glänzenden Wimpern und einer leichten Neigung des Kopfes zu.

»Dann sagen Sie was!«

Und da erzählte sie, sie habe große Schwierigkeiten gehabt, zu der Verabredung zu kommen.

»Zu welcher Verabredung?«

»Ich war so frei«, mischte sich Apolinario ein und berührte mit seinen spitzen Fingern die imaginäre Linie, die von meinen verblüfften Augen zu Margaritas Gesicht führte, »sie hierher zu bestellen.«

»Eigenartig! Sie hatten also all unsere Schritte im Voraus geplant?«

»Also, was ist jetzt«, erwiderte Apolinario schneidend, »wollen Sie, dass Margarita geht, oder soll sie bleiben?«
»Sie soll bleiben... bitte...! Und über irgendetwas reden.«
Es stellte sich heraus, dass Margarita de la Sierra, die Arme, mit ihrer stilisierten Schuluniform allein das Zentrum durchqueren musste, vorbei an heulenden Sirenen, schmutziges Wasser ausspeienden Wasserwerfern, inmitten von Horden schießwütiger Studenten, brennenden Reifen und Tränengas, das sie furchtbar zum Weinen reizte.
»Ich weine immer noch«, fügte sie hinzu und kam mit ihren himmelblauen Augen ganz nah an mich heran, damit ich ihre Tränen sehen konnte, die aussahen wie künstlich aufgeträufelt, aber zweifellos echt waren, salzige Tropfen, trotz ihrer übermäßigen Durchsichtigkeit.
»Sie Ärmste!«
»Keine Angst«, sagte sie sanft lächelnd. »Das kommt nur von dem Tränengas.« Und dann erzählte sie weiter von ihrer Odyssee. Um den Wasserwerfern auszuweichen, die ihr die Bluse schmutzig gemacht hätten, sagte sie und schaute kokett auf ihre Brust, eine prächtige, üppige Brust, habe sie die schlechte Idee gehabt, die Metro zu nehmen. Aber die Metro war wegen eines Bombenalarms oder wegen einer echten Bombe – wer konnte das in diesen Zeiten schon sagen? – mitten in einem Tunnel stehen geblieben, ohne Licht, ein schrecklicher Wolfsschlund. »Bis ein sehr liebenswürdiger Herr mit einer magischen Lampe kam, eine Autorität, denn er hatte ein großes Emblem auf der Jacke. Er nahm mich an der Hand und brachte mich durch die Menschenmassen hindurch hierher.«
»Und, was halten Sie davon?«, fragte Apolinario.
»Was soll ich denn davon halten?«
Ich war auf einmal tief gerührt und wusste nicht, was ich

sagen sollte. Auch wenn es nicht genau dieselbe Stimme war wie auf dem Platz in Talca, hatte sie doch eine wundersame Wirkung auf mich. Ich hatte mich in wenigen Minuten in Margarita de la Sierra verliebt, und diese üblen Reizgase, die ihr im Zentrum so zugesetzt hatten, begannen auch meine Augen zu reizen.

Apolinario, der davon ausging, dass er überflüssig war, stand auf und sagte, ich brauche keine Rechnung zu ordern. Es sei alles bezahlt.

»Wollen Sie mich etwa allein lassen?«, schrie ich.

»Sie sind doch in exzellenter Begleitung.«

Margarita hob schamhaft die Lider und fragte, ob sie noch eine Menthe frappée bestellen dürfe. Apolinario sagte ja, selbstverständlich dürfe sie das. Alles, was sie wolle!

»Aber ich muss mit Ihnen zurück« – ich ließ nicht locker. »Sie wissen doch, ohne Sie bin ich ein toter Mann.«

Apolinario Canales fasste mich am Arm und führte mich in eine Ecke. Er hatte zottige Augenbrauen und raue Haare in den Nasenlöchern.

»Genießen Sie es!«, sagte er. »Seien Sie nicht dumm. Wir treffen uns hier zum Frühstück...«

»Aber sie scheint ein anständiges Mädchen zu sein...«, murmelte ich. »Ich kann nicht glauben, dass...«

»Ihr Kommunisten seid ein halbes Jahrhundert zurück«, ereiferte sich Apolinario leise. »Natürlich ist sie ein anständiges Mädchen, aus guter Familie, das die besten Schulen besucht hat! Aber die anständigen Mädchen sind heutzutage nicht mehr wie die, die Sie damals in Talca bei der Ersten Kommunion getroffen haben. Außerdem ist Margarita sehr von Ihnen beeindruckt. Sie liegt Ihnen zu Füßen. Wenn Sie das nicht ausnutzen, dann sage ich Ihnen, mit Verlaub, ganz offen: Sie wären ein Idiot!«

Ich kehrte nicht ganz überzeugt an den Tisch zurück, und Margarita ergriff mit einem zärtlichen Blick, als wäre die Menthe frappée ein wirkungsvoller Liebestrank, meine Hand.

»Ich wollte dich bitten«, sagte sie, »mich nicht mehr zu siezen. Ich fühle mich so wohl in deiner Nähe, so behaglich, als würde ich dich schon ein Leben lang kennen.«

»Wir kennen uns aber erst seit einer Viertelstunde«, raunte ich, rot bis über beide Ohren, und ich glaubte Apolinarios Stimme zu hören, die mir ins Ohr rief: Seien Sie nicht blöd!

»Aber die Zeit ist dehnbar«, erwiderte Margarita. »Es wundert mich, dass ein Mann wie du das nicht weiß.«

»Um die Wahrheit zu sagen, mein Schätzchen, ich fühle mich wie im siebten Himmel«, sagte ich, obwohl mir Komplimente nicht liegen, »aber ich habe Angst, dass sich jeden Moment ein Loch im Boden auftut und ich in einen dunklen Schacht falle. Ich traue meinem Reisegefährten nicht.«

»Und mir?«, fragte Margarita und kam mit ihrem Gesicht nah heran, »traust du mir?«

»Dir ja!«, rief ich und zog spöttische Blicke von den Nachbarn auf mich, und ich fügte hinzu: »Absolut!«

»Wenn dem so ist«, sagte sie und stand wie selbstverständlich auf, »dann folge mir.«

Ich erhob mich, ein wenig verwirrt, aber nachdem ich ihr mein Vertrauen ausgesprochen hatte, war ich gezwungen, ihr überall hin zu folgen. Sie ging entschiedenen Schrittes bis zur Theke vor, die aus einer dicken Platte aus schwarzem, rötlich und gelblich geädertem Marmor bestand.

»Macht es dir etwas aus, dich zu bücken? Diese Platte ist sehr schwer!«

Wir zwängten uns unter ihr hindurch, und auf dem Holzboden hinter der Theke sah ich den Körper eines dicken Mannes in den Fünfzigern mit breiten Hüften liegen. Jetzt wurde mir klar, warum der Barkeeper sich so seltsam bewegte; er vollführte wahre Kunststückchen, um dieses Hindernis zu umgehen und zugleich die drängenden Gäste zu bedienen, die immer lauter wurden, je weiter die Nacht fortschritt. Es war gut möglich, dass die Leute, die in der letzten halben Stunde gekommen waren und sich an der Bar drängten, regelrechte Menschentrauben bildeten, diesen Körper auch sahen, aber niemanden schien das im Geringsten zu wundern. Ich vermutete, dass es sich um einen Gast handelte, der seinen Rausch ausschlief, obwohl er so starr dalag, dass er genauso gut hätte tot sein können, schon lange tot. Natürlich würde man in einer Bar dieser Kategorie keinen Toten hinter der Theke liegen lassen. Was für ein dämlicher Einfall!

Margarita führte mich durch ein schmales Zimmer mit einem unordentlichen Bett, das einen vergammelten Eindruck machte, voller Zeitungspapier, dessen Farben ausliefen und verblichen.

»Die Barkeeper leben wie die Schweine«, sagte sie und hob kokett die Hände, als wollte sie mir die Augen zuhalten. Von dieser Schlafkammer kamen wir in einen größeren, hohen Raum mit einem Schwimmbecken in der Mitte, der vollständig, vom Becken bis zu den Wänden, weiß gefliest war. An den Seiten befanden sich noch andere Räumlichkeiten, wahrscheinlich Garderoben und Gymnastikräume. Ich glaubte, einen in ein Möbelstück auf vier Rädern eingelassenen Apparat zu sehen, voller Kabel und Metallteile, und ich sagte mir, das sei bestimmt eine Art Sicherungskasten. An der Wand hingen eine Reihe schwarzer Kapuzen an Nägeln. Aus irgendeinem Grund, den ich nicht näher benennen kann, weigerte ich mich, auf das Schwimmbecken zu schauen, aber ich verließ den Raum mit dem Gefühl, aus den Augenwinkeln heraus einen auf dem Bauch treibenden menschlichen Körper gesehen zu haben. Margarita de la Sierra führte mich über Flure mit Teppichboden zu einem großen, ruhigen Zimmer. Leicht erhöht, auf einem Podest, stand ein Bett voller Kissen mit einer dicken Fransendecke, darüber ein Baldachin. Es gab orientalische Teppiche, dickbauchige Möbel, Bilder mit mythologischen Szenen, imposante, von schweren Vorhängen umrahmte Fenster, die auf das dicht belaubte, von verborgenen Scheinwerfern erzeugte Helldunkel eines geschlossenen Parks hinausgingen.

»Wo sind wir?«, fragte ich.

»Jetzt frag nicht so viel!«, sagte sie mit einem singenden Lachen, das mir jetzt auf einmal nicht mehr so naiv vorkam, im Gegenteil, das jetzt gefärbt war von einer ein wenig unverschämten Frühreife. Ich hatte den Verdacht, dass ich erneut in eine Falle meines Gastgebers und Reisegefährten getappt war. Aber dann sagte ich mir, es ist sehr gut möglich, dass die Jugend von heute sich so verhielt, mit dieser Mischung aus Arglosigkeit und Wagemut, und ich fühlte mich genötigt zu fragen, ob ich etwas zahlen müsse, ohne näher darauf einzugehen, ob ich den Verzehr an der Bar, das Zimmer oder etwas anderes meinte.

»Wie kommst du auf so eine Schnapsidee?«, erwiderte das Mädchen und lachte jetzt ungehemmt obszön. »Hast du nicht gehört, dass die Einladung von Apolinario Canales alles beinhaltet?«

Sie hängte die Kostümjacke auf einen Bügel und fing dann ohne Umschweife an, während sie mich aus den Augenwinkeln beobachtete, die Perlenknöpfe ihrer Bluse aufzuknöpfen.

»Wenn du ein echter Gentleman wärest, würdest du mir helfen«, sagte sie und zog eine Schippe.

»Ah!«, rief ich und wurde rot. »Entschuldige!«

Ich half ihr und betrachtete mich im Spiegel einer Kommode

vor einem Waschbecken mit Blumenmotiv. Ich sah leichenblass aus, ungekämmt und mit wirrem Blick. In demselben Spiegel sah ich, dass sie auf dem Bett sitzend auf mich wartete, vollkommen nackt, mit sehr weißer Haut, fast etwas mollig, mit zwei roten, harten, überlangen Brustwarzen.

»Ich haue ab«, murmelte ich und schloss die Augen, denn ich wollte von nichts mehr etwas wissen und nur noch verschwinden, und ich hörte noch, dass sie, die feine Margarita de la Sierra, heulte, fluchte, mich beleidigte wie ein altes Fischweib, mit Schaum vor dem Mund vor Wut, so stellte ich mir vor.

Ich öffnete eine Tür am Ende einer schmalen Treppe und stand auf der Straße. Viel leichter, als ich gedacht hatte! Weiter hinten sah ich die Blinklichter einer Polizeipatrouille, aber von den Bergen hatte sich ein schützender Nebel herabgesenkt. Ich setzte mich auf eine Bank an einem Platz, steckte die Hände in die Taschen, zuckte mit den Achseln und bereitete mich darauf vor, die restlichen Nachtstunden dort zu verbringen.

Du hast versucht, im Sitzen zu schlafen, und dann hast du dich auf die Bank gelegt, aber du wusstest nicht, was du mit dem unteren und auch nicht was du mit dem oberen Arm machen solltest, und auch wenn du mittlerweile an kühle Sommer gewöhnt warst und eine warme Jacke anhattest, stelltest du wieder einmal fest, wie schon zu Studentenzeiten, dass die Winternächte in Santiago kein Spaß sind. Du drücktest in der Jacke die Arme gegen den Körper, aber der Nebel kroch durch die Gelenke deiner Knochen, und das Holz der Bank wurde zu hartem, kaltem, unwirtlichem Stein. Das fehlte dir noch, dass du jetzt krank würdest, am Ende dieser kleinen, verhängnisvollen Reise, und abkratzt! Und das alles, bevor du wieder auf der anderen Seite wärst, denn du deliriertest jetzt, und es kam dir so vor, als ob der Platz mit der Bank in einen waldigen, schwer zu durchquerenden Abgrund münden würde, während es auf der anderen Seite des Ozeans liebliche Landschaften gäbe, Laubenorchester am Ufer eines Flusses, unter den Strahlen einer sanften Sonne.

Für ein paar Momente fandest du Schlaf, stoßweisen Schlaf, und kaum schliefst du, hörtest du Schluchzen hinten in jenem Schlafzimmer. Es war der Tag, an dem dein Vater fortging, und du warst bis zum Bahnhof gekommen, aber man erlaubte dir nicht, auf die andere Seite des Bahnsteigs zu gehen, wo er, die Schultern von einem Feldumhang bedeckt, unter dem er den Koffer trug, auf den Nachtzug wartete. Du konntest dich also nicht verabschieden, und als das Telefon im Flur klingelte, hörtest du erst die vertraute Stimme der Telefonistin und dann diejenige einer argentinischen Telefonistin, die von allen möglichen Störgeräuschen überlagert wurde, und die Stimme deines Vaters, erloschen, die dich bat, ihm zu schreiben.

Wohin?

Schreib mir, wiederholte die Stimme, und ich werde dir antworten und dir alles erklären.

Auf dem Platz war keine Menschenseele, und nachdem der Nebel zwischen den Wegen und Büschen empor gekrochen war, hing er nun fest.

Wenn sie dich hier erwischen, sagte Macho Santos, der Hausmeister des Gymnasiums in Talca, der mit einem Abstauber in der geschwollenen Hand voller Frostbeulen umherspazierte und einen riesigen Tumor hatte, der den Stoff seiner Hose auf Höhe der Genitalien wie eine Tasche ausbeulte, werden sie dich verhaften.

Ich habe keinen anderen Ort, wo ich hingehen könnte, erwidertest du.

Macho zuckte mit den Achseln und fuhr weiter sinnlos mit dem arg zerzausten Abstauber über die Pflanzen. Warum war er jetzt zu dieser unchristlichen Uhrzeit dort aufgetaucht? Du schlugst die Augen auf und lagst immer noch auf diesem harten Holzbett, Zentimeter von dem scharfkantigen Geröll des Weges entfernt. Du versuchtest eine angenehmere Position zu finden, etwas, das dir als Kissen dienen könnte. Lies das, sagte Chico Fuenzalida, und legte den Fingernagel auf einen zerfallenen, gelben Band. Lies das, sagte er später. Und das! Eigentümlich war, dass eines der Bücher auf Deutsch geschrieben war, in gotischen Lettern, und du dachtest damals, in diesen so weit zurückliegenden Zeiten, nicht daran, dass du in einem Verschlag in Treptow in Ostberlin landen würdest. Wie solltest du auch! Es war etwas anderes, in der Opposition zu sein als in der Regierung, sagtest du, ein paar Wochen nach den Wahlen, als sich neue Möglichkeiten auftaten oder eben nicht auftaten oder sich nur auftaten, um schallend über dich zu lachen, mit zahnlosem Mund, wie die Alte, die an einer Straßenecke Melonen verkaufte. Und etwas anderes ist es auch, fügtest du hinzu, in *dieser* Opposition zu sein. *Dieser*. Anstatt in jener. Du sagtest es, ohne allzu viel darüber nachzudenken, und Chico warf dir einen seiner frostigen, verschlossenen Blicke zu. Reine Zufälle des Klassenkampfes, hatte er sagen wollen. Die Umstände eben.

Und zuvor, lange zuvor, zur Zeit der zerfledderten Schriften, nachdem ihr über ein paar gelesene Bücher diskutiert hattet, hatte er dich mir nichts dir nichts gefragt:

Und, bist du jetzt endlich überzeugt?

Du warst auf deiner Bank an der Juristischen Fakultät mit überkreuzten Händen unter den Schenkeln sitzen geblieben. Bis du langsam, fast mit feierlichem Ernst aufstandest und daran dachtest, was die verschiedenen Generationen der

Piedrabuena aus Talca zu dir gesagt, welches Gesicht sie gemacht hätten, und erwidertest:
Ja.
Dann habt ihr die Internationale gesungen, du, Chico, die anderen, mit erhobener Faust, in einem alten Holzhaus, und ihr habt sie, außer euch vor Begeisterung, Tränen der Rührung in den Augen, mitten auf der Alameda, vor dem Gebäude der Stundentenvereinigung am Abend vor den Wahlen, also am 4. spätnachts oder vielleicht auch schon am frühen Morgen des 5. Septembers 1970 wieder gesungen, und dann hörtet ihr auf, sie zu singen, und dann sangt ihr sie später erneut, auf dem Alexanderplatz, an einem Morgen mit eisigem Wind auf dem festgefrorenen Schnee, und du sagtest zu dir, dass die Faust, der Arm müde und verkrampft waren nach all der Singerei, nach all dem Recken und Ballen, und das alles nur, um hier in diesem Eis zu enden, aber du verlorst natürlich kein Wort Chico Fuenzalida gegenüber, denn Chico war ein eiserner Käfer, du kanntest ihn schon sehr gut, eine gepanzerte Raupe.

Und jetzt? Was würde geschehen? Du hattest die Sirenengesänge von diesem Apolinario Canales vernommen, deinem spontanen Gastgeber, und dein Refugium, deine Bude in einem Anfall von Leichtsinn verlassen, einem Leichtsinn, der dich selbst verwirrte. War so die Stunde der Wahrheit gekommen, oder trug die Stunde der Wahrheit diesen Namen, weil sie die letzte, die Todesstunde, war?

Du hast Erde gekaut, der Körper wie von Nägeln durchbohrt und schmerzend, öffnetest du die Augen. Kinder mit dürren Beinen und hintergerutschten Strümpfen liefen lachend herum, die Schulranzen tanzten auf den Rücken. Die Sonne war aufgegangen. Du lagst auf dem Boden, den Körper voller Quetschungen, den Mund und das Gesicht voller Geröll,

Staub, die Hose auf einem Hundehaufen, der einen unerträglichen Geruch verströmte. Du schütteltest den Staub ab und wischtest die Hundekacke mit trockenen Blättern ab, vor Unsicherheit zitternd. Der Nebel hatte sich aufgelöst. Auf dem Weg kamen zwei Polizisten auf dich zu. Vor Angst schlucktest du Erde, denn die hinterhältigen Rotznasen hatten sich einen Spaß daraus gemacht, dir Erde in den Mund rieseln zu lassen, während du schliefst, und du konntest sie nur mit Mühe ausspucken, versuchtest, dich schnell halbwegs herzurichten, strichst mit den Fingern dein Haar glatt.

Jetzt ist es wirklich aus!, murmeltest du wütend, verzweifelt, und du merktest, dass die Polizisten anhielten und dich nach deinen Papieren fragen wollten, und genau in dem Moment sahst du ihn und machtest ihm wie verrückt Zeichen. Er stand vor der Tür des Nachtlokals, das am Morgen vollkommen unschuldig wirkte, die Hände in die Hüften gestützt, frisch geduscht und rasiert, und wartete auf dich, tadel- und gnadenlos, lächelnd, in seinem gelben Overall, einfach so...

Ich hatte beschlossen, keine Fragen zu stellen. Keine einzige. Bloß kein Erstaunen zeigen. Ich hatte es satt, andauernd überrascht zu werden, mit offenem Mund dazustehen wie ein Tölpel, ein Bauer aus Perquenco, und Antworten zu bekommen, die, anstatt mir auf die Sprünge zu helfen, mich noch mehr durcheinander brachten. Ich hatte also beschlossen, zu schweigen und abzuwarten und Augen und Ohren offen zu halten. Vorsicht Falle, sagte man zu meiner Zeit. Ich musste die erstbeste Gelegenheit nutzen, um gut dazustehen, oder zumindest so wenig schlecht wie möglich. Was für ein Abenteuer! Ich dachte an die Probleme, die ich haben würde, die Problemchen, wenn ich das alles meinen Kumpeln erzählte. Chico Fuenzalida würde ein Gesicht machen, das ich nur zu gut an ihm kannte, ein intelligentes Gesicht, Ausdruck von unüberwindlicher Skepsis, Vorsicht. Er würde dieses Gesicht aufsetzen, wie jemand eine Maske aufsetzt, und in das Nachbarzimmer gehen. Er würde schweigend eine Telefonnummer wählen. Er würde leise sprechen, ungewohnt leise, und ein codiertes Alarmsignal aussenden. Und ich, Faustino Joaquín Piedrabuena, würde blubbernden, nach Sägemehl schmeckenden Speichel schlucken.

Ich stand vor einer Betonfassade mit Wölbungen, Blech und Bullaugen aus den dreißiger Jahren und sagte, in diesem Club sei ich auch nie gewesen. Das tat ich, damit das Schweigen nicht weiter so unangenehm andauerte.

»Bei dem hier ist es schwieriger als bei dem anderen«, erwiderte Apolinario und putzte sich die Schuhe an einem Fußabstreifer ab, bevor er die Glastür aufstieß.

Aber, wollte ich fragen, waren Sie nicht ein Arbeiter aus dem Norden, Mitglied der Unidad Popular, im Exil? Ich wollte zwar – aber ich hielt mich an meinen Vorsatz, Stillschweigen zu bewahren, keine schrägen Antworten mehr zu tolerieren, und ich glaube, er verstand das. Außerdem glaubte ich, im Eingangsbereich des Clubs, hinter dem Empfangspult den Mann wiederzuerkennen, der am Tag zuvor aus dem Dunkel auf uns zugekommen war und uns die Tür zu dem Bankettsaal geöffnet hatte. Ein seltsamer Zufall, dachte ich, auch wenn ich nicht hundertprozentig sicher war, denn ich hatte den Mann vom Vorabend nur im Dunkeln und ganz kurz gesehen. Der jetzt hatte ein weißes Auge, mit einer Trübung, die vom grauen Star herrühren konnte, und sein gescheiteltes Haar war schwarzbraun. Aber sein Verhalten war anders, denn er grüßte meinen Wandergefährten relativ vertraut.

»Guten Tag, Segundo«, erwiderte Apolinario.

Das schwarze und das trübe Auge von Segundo unter dem mit Pomade eingefetteten, gescheitelten Haar, sahen mich nachsichtig, neugierig, ein wenig verächtlich an. Ich musste unwillkürlich wieder an meine Kunstledertreter und die Hundekotreste an meiner Hose denken.

Für einen Revolutionär, wie sich mein rätselhafter Gastgeber und Weggefährte selbst bezeichnete, oder zumindest für einen Ex-Revolutionär, der in seinem Exil, so wollte es scheinen, von den angenehmen Seiten des Superkapitalismus eingenommen worden war, war der Einlass in diesen anderen Club durch die weit geöffnete Tür, inmitten der Verbeugungen Segundos, schon verwunderlich. Als er mit der ihm eigenen Beweglichkeit die Treppen hinunterging und einen kurzen Blick in die Salons warf, sagte er, er könne sich sehr gut vorstellen, was ich denke.

»Aber sie müssen wissen, werter Freund«, dozierte er, während er ein paar Leuten beim Geschäftsfrühstück albern zuwinkte, »dass die Revolution häufig unvorhergesehene Wege geht. Der wahre Revolutionär ist in der Lage, sich in jeder Umgebung zu bewegen und in passender, opportuner, maßvoller Weise auf die Herausforderungen des Augenblicks zu reagieren. Aber«, fügte er mit einem resignierten Achselzucken hinzu, »unsere Leute haben die Klassiker nicht gelesen.«

»Donnerwetter! Ich hätte nie gedacht, dass es ein Problem der Lektüre ist.«

»Der Kultur«, berichtigte er, während er die Terrasse überquerte, wo lärmende Grüppchen im Sportdress vor einem spektakulären Panorama aus Waldflächen und schneebedeckten Berggipfeln frühstückten, und über einen sanften Abhang zu den frisch gemähten Golfplätzen hinunterging. Der gewaschene und polierte Hubschrauber mit seinen Moskitobeinen, seinen feinen Flügeln und seinem fast menschlichen oder fast tierischen Bug stand am Fuße dessen, was man das Green von Loch 18 nennt, ein leicht gewellter Rasenteppich, auf dem sich ein durch ein Fähnchen markiertes Loch befand. Das von den ersten Sonnenstrahlen gestreichelte Green glitzerte nicht weniger strahlend als unser Metallmoskito. Um ihn herum hatten sich die Schlägertaschenträger versammelt, die Caddies, wie man sie im Golferjargon nennt, den Apolinario bestens beherrschte, außerdem ein Gärtner, dessen Hände auf dem Rasenmäher ruhten, sowie Spieler beiderlei Geschlechts. Sie waren entsprechend ihrer morgendlichen Gewohnheit zu ihrer Partie aufgebrochen, und dann waren sie unversehens auf dieses ungewöhnliche Spektakel gestoßen. Sie sahen Apolinario an, als handele es sich um eine Persönlichkeit des internationalen Jetsets, jemanden, der mal eben mit seinem privaten Hubschrauber in diese abgelegene Gegend kam, und ihre Blicke streiften auch mich, seinen Reisegefährten, den mutmaßlichen Freund, mit obligatorischem, vorläufigem Misstrauen, aber auch, so mutmaßte ich, mit einer Spur Neid, trotz meines kläglichen Erscheinungsbildes und des widerlichen Gestanks, den ich nicht los wurde. Vielleicht dachten sie, dass in Europa, wo die Sitten, wie die Nachrichtensendungen des nationalen Fernsehens zu berichten wussten, so verkommen waren, jetzt kräftige, leicht übelriechende Duftnoten und mausfarbene Schuhe aus Kunstleder angesagt waren.

Binnen kurzer Zeit erhoben wir uns schnell in die morgendliche Luft, wirbelten Stöckchen und Steinchen und die Schottenröcke der Spielerinnen auf und verscheuchten die Spatzen. Es gab Beifall, Pfiffe, Rufe. Einige schwenkten ihre Schläger, die Frühstückenden auf der Terrasse standen auf und applaudierten, der Gärtner nahm verzückt lächelnd seine roten Pranken vom Rasenmäher. Während die zum Himmel aufblickenden Gestalten an Loch 18 immer kleiner wurden, beschlichen mich widersprüchliche Gefühle, ich war hin- und hergerissen zwischen dem Bewusstsein der Gefahr und einer gewissen Faszination oder sogar Eitelkeit. Denn sie, die Golfspieler, die Geschäftsleute, die Caddies, schauten zu, Sklaven ihrer Routine, Reiche und Arme, die Reichen vielleicht noch mehr versklavt, während ich in die Lüfte aufstieg, für alles zu haben war, jenseits jeder Norm.

Apolinario Canales, das muss ich schon sagen, hielt den Hundekot nicht für den letzten Schrei in Sachen Parfum. Als die Maschine schon Kurs genommen hatte, schwankend, denn wir durchquerten Turbulenzen, holte er ein Spray aus dem Seitenfach seines Sitzes und sprühte mich mit angewidertem Gesicht von Kopf bis Fuß ein.

»Ich weiß, dass ich voller Scheiße bin«, räumte ich ein, »außerdem habe ich die Nase voll davon, schräge Antworten zu bekommen. Deshalb stelle ich gar keine Fragen mehr. Aber trotzdem würde ich gerne wissen, ob wir jetzt auf dem Rückflug sind oder ob Sie mir noch eines ihrer Wunder darbieten wollen.«

»Wir werden einen Blick auf das Land werfen«, sagte Apolinario, »im Vogelflug. Damit Sie die Paradiese Ihrer Kindheit wiedererlangen. Und damit Sie sich vorbereiten.«

»Damit ich mich vorbereite?«

»Ja. Und dann trinken wir an irgendeinem angenehmen Ort einen Aperitif, und ich erkläre Ihnen detailliert meinen Vorschlag. Was meinen Sie?«

»Ich meine gar nichts. Verstehen Sie? Weil protestieren nichts nützt, meine ich gar nichts.«

Apolinario lachte auf. Er sagte, es mangele mir ein wenig an Philosophie. Das fehle mir, seiner Meinung nach.

»Philosophie habe ich zuhauf«, schrie ich. »Sonst wüsste ich nicht, wo ich gelandet wäre.«

Apolinario tätschelte mein Knie. Aus demselben Fach, aus dem er vorhin das Spray gezogen hatte, holte er jetzt eine Tafel Nussschokolade heraus, seiner Meinung nach perfekt für ein Frühstück in der Luft.

»Sie können sich einen Kaffee nehmen«, fügte er hinzu und zeigte auf seine Thermoskanne.

So war seine Maschine: Von außen wirkte sie so klein, aber drinnen entpuppte sie sich als Füllhorn, als Fass ohne Boden.

»Nach einer orgiastischen Nacht ist die Schokolade wie geschaffen, um wieder zu Kräften zu kommen«, merkte er an.

»Sparen Sie sich den Schweinekram«, erwiderte ich, die Schokolade zwischen meinen Zähnen zermahlend. »Erinnern Sie mich nicht an diese verfluchte Nacht!«

»Traurigkeit *post coitum*«, befand er.

»Von wegen Koitus!«, rief ich wütend. »So ein Quatsch!«

Wir landeten auf einem Viehgehege hinter Brombeerbüschen, in einem Gebiet in der Gegend von San Fernando Richtung Küste, nicht weit entfernt von meiner Heimat. Weil ich so große Angst vor den Initiativen meines Reisegefährten hatte, traute ich mich nicht, ihn zu bitten, in Talca vorbeischauen zu dürfen. Außerdem könnten mich die älteren Leute dort erkennen, und dann wäre ich vielleicht in Gefahr. Ich kannte so viele Geschichten von friedfertigen Bürgern, die zu Rasenden, zu tollwütigen Bestien geworden waren, weil man ihre Tasche angefasst hatte, oder weil man sie hätte anfassen können, wenn sie eine gehabt hätten...

Südlich der Weide gebe es einen Fluss, sagte Apolinario, einen Bach mit flachen, reißenden Gewässern, der Steine mit sich führe, und Richtung Norden erhebe sich der ärmliche Turm einer Dorfkirche mit seinem Ausguck und der von einem Seil bewegten Glocke. Mit dem Rücken zum Kirchturm, als würde dessen Nähe ihm in den Augen wehtun oder eine andere Art von Unbehagen in ihm hervorrufen, zog Apolinario den Overall aus und einen schicken ziegelroten Pullover an, der in den Geschäften von Westberlin mindestens fünfhundert Mark kosten dürfte. Er zog auch ein paar Stiefel mit chilenischen Sporen an, es waren große, wie sie die reichen Bauern tragen, aber ich sah, dass an einem Stiefel die Spore fehlte. Sogleich holte er einen dünnen, grünen, perfekt gefalteten Überzug hervor und deckte damit sorgfältig die Maschine ab. Er sagte, die Hülle diene als Tarnung, das sei unabdingbar, denn unsere Landsleute hassten Qualität und Schönheit in jedweder Form.

Dann machte er einen seltsamen Rundgang, er bahnte sich mit Mühe einen Weg durch die Brombeerbüsche und verschwand dann, die Kirchenfront meidend, unter den Bögen eines überdachten Bürgersteigs, die von alten Pilastern gestützt wurden. Es war ein Dorf voller regloser Menschen, die in den Türen ihrer Häuser standen, aus dem Fenster schauten, auf den Bänken eines Platzes seitlich von der Kirche saßen oder an einer Ecke verharrten, als bedürfe die Entscheidung, die Straße zu überqueren, ewig langer Überlegungen. Wir sahen uns stillschweigend an, ohne eine Miene zu verziehen.

Nicht einmal die Hunde bellten, und ich erinnerte mich an eine Lesung kürzlich in einer Bibliothek in Berlin aus einem mexikanischen Roman. Ich hatte den Eindruck gehabt, die Figur, ein seltsamer Vogel, denn er wusste nie, ob er lebte oder tot war, besuche die Hölle. War es möglich, dass die Hölle, der Nabel der Hölle, jetzt in ein Dorf zwischen San Fernando und Pichilemu, in die Gegend von Chépica oder an die Weggabelung von Las Cabras verlegt worden war?

»Dieses Dorf«, sagte Apolinario, der zweifellos so unbeleckt von der Romankunst war wie von der des Verseschmiedens, »wurde rebellisch. Die Bauern, bewaffnet mit ihren Spitzhacken und sogar mit Pistolen, hatten die Landgüter besetzt, angeführt von einem jungen Guerrillero in Alpargatas und Pumphosen, der aus dem Nichts aufgetaucht war und sich genauso schnell wieder in Luft aufgelöst hatte. Nach dem 11. September holte man ein paar von ihnen aus dem Polizeirevier, wo man die Verdächtigen und Aufständischen inhaftiert hatte, brachte sie an das Flussufer und erschoss sie. Als abschreckendes Beispiel! Aber jetzt heißt es, alles werde sich ändern. Man hat Obstplantagen für den Export angelegt, und man sagt, in ein paar Jahren werde das Geld in Strömen durch die Bewässerungskanäle fließen.«

»Einer wird kommen, den sie Don Francisco nennen«, sagte ich, »mit seinen Zerstreuungen.«

»Das Licht der Zivilisation wird kommen«, rezitierte Apolinario. »Die flüchtigen Schatten werden sich auflösen.«

»Und wir?«

»Wir?«

»Ja. Wir.«

»Würden wir in unseren Löchern bleiben oder wären geladen, am Bankett teilzuhaben?«

»Sie scheinen ganz vergessen zu haben, dass wir besiegt wurden«, sagte Apolinario Canales.

Ich hatte es tatsächlich vergessen, aber ich wurde das Gefühl nicht los, dass es Apolinario Spaß machte, dass er sich förmlich daran ergötzte, mich daran zu erinnern. Ich fragte ihn, ob er, anstatt mir die Niederlage unter die Nase zu reiben, nicht etwas Konstruktiveres vorschlagen könne. Hatte er mir nicht ein Angebot unterbreiten wollen?

Apolinario blieb mitten auf der Straße stehen. Groß, dunkel, mit kleinen, verschlagenen Augen, mit widerborstigen

Brauen, war er an diesem Ort, auf dieser staubigen Straße ein ziemlich unpassender Anblick. Ein paar am Boden kauernde Kinder hörten auf zu spielen und hoben die Köpfe. Ein Bauer zu Pferd mit einem Cordobeser Hut, Poncho und Stiefeln mit großen Sporen sah ihn finster an. Das Pferd wieherte sogar, bäumte sich mit verängstigtem Blick auf und kaute auf dem Zaumzeug.

»Ob das an der Farbe Ihres Pullovers liegt?«, fragte ich ihn. »Oder an den Sporen …?«

»Also«, erwiderte er humorlos, offensichtlich nicht daran gewohnt, dass man sich über ihn lustig machte, »ich werde Ihnen einen Vorschlag unterbreiten, der gut für Sie ist. Wenn Sie wissen, worum es geht, werden Sie sich für einen vom Glück reichlich bedachten Mann halten. Aber haben Sie Geduld. Im Moment beschränke ich mich darauf, Ihnen mit dem Hubschrauber ein wenig die Welt zu zeigen. Sie sind frei, nach Belieben Ihre Schlussfolgerungen daraus zu ziehen.«

»Meine Schlussfolgerungen sind ziemlich beschissen nach diesem kleinen Ausflug«, sagte ich und dachte an die Abende mit Bridge und Cuba libre, die mir jetzt unwirklich vorkamen, genauso wie der Alexanderplatz, Treptow, das Denkmal für die Rote Armee, die Mauer mit ihren Scheinwerfern und dem Stacheldraht nur noch ein Traum waren, der auf schwindelerregende Weise ins Nichts purzelte.

In einer dunklen Kneipe, wo es nach Kartoffeln voller Erde roch und wo eine fünf oder sechs Tage alte Zeitung aus der Hauptstadt verkauft wurde, tranken wir eine Erdbeerbrause. Die Schlagzeilen in roten Lettern kündeten von terroristischen Waffenlagern, die wie Pilze aus dem Boden schossen, und mich überkam plötzlich, wie eine Art Schwindel, ein Gefühl von Unsicherheit, und ich fragte mich, ob der Traum nicht das war, was ich hier erlebte, und nicht das andere.

»Ich hätte mich so gerne von Jorge, dem Dichter, verabschiedet«, sagte ich und dachte, die Tatsache, dass ich in Chile gelandet und ihm begegnet war, hatte mir vielleicht allzu große Vertrauensseligkeit eingeflößt, ein trügerisches Gefühl, in die gewohnte Umgebung zurückzukehren. War das alles ein taktisches Manöver Apolinarios gewesen, ein Vorwand?

»Sie werden noch Gelegenheit haben, Jorge so lange zu sehen, wie Sie wollen«, sagte er, sah mich dann ernst an und fügte hinzu: »Sie können sogar befehlen, dass seine kompletten Werke auf Bibelpapier gedruckt werden, wenn Ihnen der Sinn danach steht...«

»Wenn Sie mich nur hierher gebracht haben, um Unsinn zu reden und ein schmutziges Dorf zu besuchen, dann kehren wir besser um«, erwiderte ich.

Apolinario lachte vergnügt. Unser Freund Piedrabuena ist zu empfindlich, schien er sagen zu wollen. Und um mich ein wenig aufzumuntern, lud er mich zu einer Portion Spiegeleier mit Speck und Aschenbrot ein, was ich zunächst ablehnte, denn ich war verärgert, aber dann konnte ich doch nicht widerstehen. Aschenbrot und Landeier! Kein Zweifel: Apolinario durchdrang mit seinem Radar alles und erfasste es. Ich fand das Essen göttlich, viel besser als all die feinen Speisen, die ich am ersten Tag zu mir genommen hatte.

Als wir die Schutzplane abnahmen und wieder in den Hubschrauber stiegen, läuteten gerade die Glocken des Kirchturms; es war acht Uhr am Abend. Apolinario reichte mir einen Schal und hüllte dann eigenhändig und mit großer Sorgfalt meine Beine darin ein.

»Können wir denn nicht hier übernachten«, fragte ich, »anstatt bei dieser Dunkelheit zu fliegen?«

»Das Programm lässt uns dafür keine Zeit«, sagte Apolinario.

»Das Programm! Von welchem Programm reden Sie?«

»Beruhigen Sie sich«, erwiderte er, und seine Stimme klang weicher, einfühlsamer als sonst. »Wie kann man nur ein solches Nervenbündel sein!«

Nervenbündel! Ich riss rasend den Schal von meinen Beinen und warf ihn auf den Boden. Ich war kurz davor, gegen das Armaturenbrett zu treten, die Tür zu öffnen und zu verschwinden. Aber wo hätte ich in dieser gottverlassenen Gegend hingesollt? Geduld!, murmelte ich, und erinnerte mich an Bauernweisheiten und Merksprüche. Ich nahm den Schal und deckte mich wieder zu. Apolinario hatte seine Pilotenbrille wieder aufgesetzt und schaute in den Abend hinaus. Wir erhoben uns inmitten eines majestätischen Licht- und Schattenspiels in die Lüfte. Links erstrahlten die schneebedeckten Gipfel der Anden in rotem Glanz. Rechts ging eine unförmige, feuerrote Sonne inmitten von sich dramatisch auftürmenden Wolken über dem Meer unter. Kurzzeitig war ich deprimiert gewesen, aber ich musste zugeben, dieses phantastische Naturschauspiel wischte das wie von Zauberhand weg. Und ich bin sicher, Apolinario wusste das genau, dafür brauchte er mich nicht anzusehen oder den Blick vom Firmament abzuwenden.

Zweiter Teil

... ein anderer zu werden und die Einheit und Kontinuität meines Lebens zu durchbrechen, bedeutet für mich, nicht mehr der zu sein, der ich bin, das heißt, es bedeutet ganz einfach, nicht mehr zu sein. Aber das kommt nicht in Frage; alles, nur das nicht!

Miguel de Unamuno
Das tragische Lebensgefühl

Wir flogen durch die helle, vom Mond erleuchtete Nacht, die mir endlos und zugleich extrem kurz vorkam, als hätte Apolinarios Maschine nicht nur Macht über den Raum, sondern auch über die Zeit, und bei Tagesanbruch landeten wir auf einem verlassenen Tennisplatz neben einem weißen, zweigeschossigen Einfamilienhaus mit Mansarden im Lärchenholzdach. Apolinario wählte in aller Seelenruhe einen Schlüssel von seinem üppigen Schlüsselbund aus, an dem etwas hing, das wie eine Kaninchenpfote aussah, und öffnete die Eingangstür. Innen roch es feucht, wenn auch nur ein bisschen. Abgesehen davon, war alles ordentlich und sauber, und es hatte den Anschein, als ob die Heizung auch während der Abwesenheit der Bewohner in Betrieb war. Apolinario zeigte mir eine gut gefüllte Speisekammer, wo alles für ein reichhaltiges Frühstück vorhanden war, von frischer Milch bis zu Marmeladenpfannkuchen, und im zweiten Stock gab es ein Bad ausgestattet mit Bürsten, Schwämmen, Badesalzen und -schaum, die ich nach Belieben benutzen konnte.

Trotz meines Vorsatzes, keine Fragen zu stellen, fragte ich, wem das alles gehöre. Apolinario sagte mir, die Besitzer seien Deutsche aus dem Süden, denen viele Ländereien gehörten, Inseln mit Hirschen, die sich aber jetzt an ihrem Wohnsitz in Hamburg-Altona aufhielten. Wann immer er in die Gegend kam, überließen sie ihm ihr Refugium im Süden.

Ich hörte mir die Erklärung schweigend an, vielleicht mit fragendem Gesicht, und Apolinario setzte eine vollendet heuchlerische Miene auf. Er erinnerte mich an den Priester von Talca, wenn er von der Kanzel predigte, die Arme auseinanderriss und wieder schloss, die Augen verdrehte und gen Himmel schaute, einem Himmel aus Stuck mit blauen Wolken und rosigen dicken Engeln.

»Der Teufel, der Kreuze verkauft«, murmelte ich.

»Was haben Sie gesagt?«

»Nichts... Alte Geschichten.«

»Sie werden verstehen«, sagte Apolinario, »das Kapital muss sich mit allen gut stellen, mit Gott und mit dem Teufel. Und die Revolution muss, um sich zu entwickeln, auch ein paar Kompromisse eingehen... Und so kommt es, dass...«

»Und so kommt es, dass...«, wiederholte ich eine halbe Stunde später, als ich aus einer Badewanne mit Schaumbergen stieg, in die ich unbekannte parfümierte Substanzen geschüttet und in der ich mir den Rücken mit langstieligen Bürsten geschrubbt hatte. Ich verwendete die großzügigen Badelaken, um mich inmitten von Dampfsäulen abzutrocknen, als Apolinario die Tür öffnete, da ich vergessen hatte, den Riegel vorzuschieben, und sein sorgfältig gepflegtes Gesicht in den Dampf schob. Er brachte mir geliehene Kleidungsstücke, eine Cordhose, ein Hemd aus dünnem Wollstoff, alt, aber von guter Qualität, einen Pulli mit rundem Ausschnitt, schottisch, und am Nachmittag würden wir eine komplette Ausstattung kaufen. Ja, fügte er hinzu, die Zeit des Mangels gehört jetzt der Vergangenheit an, und diese Vergangenheit wird, sobald Sie das von mir vorgelegte Dokument unterzeichnet haben, ein für allemal ausgelöscht sein.

Ich verstand nicht recht und schwieg, ich wartete, was kommen würde...

»Sind Sie bereit?«

Ja. Ich war bereit. Und wie. Aber etwas wollte ich ihm

klipp und klar sagen: Ich würde nichts, absolut nichts unterschreiben, bevor ich es nicht aufmerksam gelesen hatte, ohne auch nur ein Komma auszulassen.

»Ich werde Ihnen alles ganz genau erklären«, versicherte mir Apolinario inmitten der Dampfschwaden, »und Sie werden alle Papiere lesen können, das Groß- und das Kleingedruckte, so oft Sie wollen. Wenn Sie sie sehen, werden Sie Luftsprünge machen vor Entzückung. Sie haben ja keine Ahnung, was Sie für ein Glück haben. Sie haben das große Los in der großen Lotterie gezogen!«

»Das große Los in der großen Lotterie... Moment mal. Bis jetzt haben Sie meine Neugier geweckt, mich überrascht, Sie haben mich von einer Partie in die nächste stolpern lassen, und dabei halte ich mich nicht für einen schlechten Spieler. Aber ich warne Sie, das Entscheidende haben Sie noch nicht erreicht.«

»Das Entscheidende?«

»Ja. Das Entscheidende. Sie haben mich noch nicht überzeugt.«

»Ah!« Er zuckte voller Selbstvertrauen mit den Achseln und wischte mit aller Seelenruhe mit einem Gästetuch den beschlagenen, mannshohen Spiegel sauber. »Das mit der Überzeugung kommt noch«, sagte er und ging ein wenig vom Spiegel weg, damit ich mich in meiner rosigen, pummeligen, glorreichen Nacktheit betrachten konnte. »Haben Sie noch ein klein wenig Geduld.«

Auf diese Weise, mit der Landung, den Vorkehrungen, den Vorbereitungen, hatte der Morgen begonnen. Und noch bevor er zu Ende war, hatte ich schon festgestellt, dass der Einfluss von Apolinario Canales sich von Westberlin über die Hafenstädte Nordeuropas bis zu den weiten Grenzen des südamerikanischen Kontinents erstreckte, bis zu einem Punkt, der nicht weit entfernt sein konnte von der Baumrinde oder der Stelle, wo die Baumrinde war, in die Alonso de Ercilla seine berühmte Inschrift eingeritzt hatte.

»Hier kam hin, wo kein anderer je hinkam«, zitierte ich, und mein Gastgeber sah mich lediglich schräg an und sagte sich vielleicht, dass mein Geist trotz meines Geschwätzes in exzellenter Verfassung war. Wir gingen mitten durch die geschäftige Bucht von Angelmó, an den rauchenden Spelunken mit den *piures*, auf den Dächern zum Trocknen aufgehängten Meeresfrüchten, vorbei, am zähflüssigen, irisierenden, öligen Wasser entlang, in dem sich hin und wieder unglaublich verrostete, von Salz und Getier zerfressene, aufgelaufene, halb versunkene Schiffsrümpfe befanden.

Die Überraschungen fingen schon an der Tür des Club Alemán an. Der Verwalter, der in die Eingangshalle kam, um uns zu empfangen, sah fast genauso aus wie der Pförtner im Golfclub, der seinerseits wiederum eine beunruhigende Ähnlichkeit mit demjenigen aus dem Club in der Stadt hatte, dem Kerl im grauen Anzug mit dem Mittelscheitel. Vielleicht war er ein wenig kleiner und ein wenig dicker, aber das kann ich nicht mit Sicherheit sagen. Er empfing uns mit Verbeugungen, als würde er jetzt in seiner provinziellen Rolle diesen Stil annehmen müssen, und brachte uns zu einem Zimmer im zweiten Stock, das mit Fotos von bayerischen Landstrichen und Dörfern, ein paar präparierten Hirschköpfen und einer Sammlung von Bierkrügen auf dem Kaminsims dekoriert war. Wenigstens hatten sie das Bild vom Führer abgenommen, sagte ich zu mir, und ich glaubte, an der Blumentapete ein helleres Rechteck zu sehen, wo es wahrscheinlich vor nicht allzu langer Zeit noch gehangen hatte. Im Kamin brannte ein angenehmes Feuer, und durch die Fenster sah man die Klippen, die genaue

Grenze des kontinentalen Territoriums an einem wolkigen, windigen Tag. In den letzten Stunden war etwas Regen gefallen, während ich in meiner Wanne planschte und zerfaserte Wolken über den Himmel jagten. Weiter hinten, obwohl man sie von dort aus nicht sehen konnte, lagen die Inseln, die imposanten Vulkane voller Schnee, die tiefen Buchten.

Auf einmal sah ich, dass der Verwalter, der sich bis auf den Boden verbeugte, alle möglichen Schnäpse und Leckereien anbot, wobei er mit Verkleinerungsformeln nur so um sich warf, als wären die einfachen Worte zu plump: ein kleiner Whisky *sour*, Kanapeechen mit Igelfisch oder mit Hähnchen und Avocado, Müschelchen ganz frisch, gerade erst gefangen ... Und wenn wir wollten, könne er uns auch einen kleinen Gin Tanqueray mit Tonic oder ein Gläschen kalten Champagner servieren.

»Das sieht ja alles köstlich aus«, sagte ich und unterstand mich, mir die Hände zu reiben, weil Apolinario dem Moment etwas Feierliches, Erwartungsvolles verliehen hatte.

»Alles in diesem Club ist erstklassig, mein Herr«, sagte der Verwalter.

»Sofern man Zugang zum zweiten Stock hat«, ergänzte Apolinario. »Bei den Speisesälen im ersten würde ich für nichts garantieren.«

Der Verwalter, der am Empfang des Golfclubs Segundo hieß und hier vielleicht einen anderen Namen hatte, legte schamvoll die Hände übereinander und sagte, die Speisesäle des ersten Stocks seien für Leute einer anderen Klasse.

»Ich möchte nur eine gute Tasse Kaffee«, erlaubte ich mir zu sagen. »Nicht, dass mir die Sinne schwinden und ich irgendetwas unterzeichne.«

»Sie haben es gehört«, befahl Apolinario. »Bringen Sie uns einen Kaffee und lassen Sie uns in Ruhe.«

Der Verwalter mit seinem Mittelscheitel zog sich mit kleinen Verbeugungen zurück.

»Ich hatte das mit den Diminutiven ganz vergessen«, sagte ich. »Das sei eine araukanische Sitte, heißt es.«

»Eine Sitte des gezähmten Araukaners«, korrigierte mich Apolinario. »Aber kommen wir zum Punkt.«

Ich machte es mir in meinem Sessel bequem. Ich muss gestehen, dass ich durch die Ankündigungen, all das Vorgeplänkel, neugierig und ziemlich hibbelig geworden war. Ich muss zugeben, ich bin nicht unbedingt ein geduldiger Mensch. Ich führe ein durchschnittliches oder sogar unterdurchschnittliches Leben, aber ich hatte immer verrückte Träume. Wenn ich Bilanz ziehen müsste, wüsste ich nicht, welch hohen Anteil meiner gelebten Zeit ich damit zugebracht habe, wach zu träumen. Aber ich ziehe nicht gern Bilanz. Die Bilanzen gehören zur leblosen, toten Vergangenheit. Immer schon wartete ich auf eine plötzliche Veränderung, auf eine neue Zukunft, Zauberei, irgendwas, saß stundenlang vor einer grauen Wand, vor der verblassten Anzeige einer Versicherungsgesellschaft aus der Zeit vor dem Krieg, vor ein paar vereisten Bäumen...

»Ich höre, mein Freund Canales«, sagte ich. »Ich bin ganz Ohr.«

Es folgt, was Apolinario Canales an jenem Morgen sagte, während vereinzelt dicke, fast isolierte Regentropfen gegen die Fenster des Club Alemán am südlichen Ende der Welt klatschten. Man brauche ganz dringend, erklärte er, einen Mann, der helfe, das Land aus seiner tiefen Krise zu führen, in der es steckte. Aber das Problem sei hochgradig komplex. Die fragliche Person dürfe nicht zu der Spezies der von der göttlichen Vorsehung bestimmten Männer gehören. Das Land habe schon zu viel unter dem Treiben der Erleuchteten, der

Erlöser, der großen und kleinen Vaterlandsretter gelitten, aus dem einen oder anderen extremen Lager. Die Person müsse folglich allen Vertrauen einflößen, alle beruhigen und allein durch ihre Ausstrahlung, die wie Balsam wirkt, Wunden heilen, und dazu bedürfe es einer schwer zu findenden Synthese. Sie müsse eine sehr seltene Mischung aus Charisma und Mittelmaß mitbringen, die angeborene Talente, den göttlichen Funken mit dem Mittelmaß vereinen, mit Vulgarität samt Verschlagenheit, mit dieser grauen Uniformität, die die Einwohner dieses schmalen Landstrichs mit verwirrender Einmütigkeit von ganzem Herzen hassten und zugleich liebten oder zumindest verehrten, denn jeder Ausbruch aus diesem Schema erzeuge in ihnen nebst einer morbiden Faszination ein unüberwindliches Misstrauen, eine potentiell mörderische Feindseligkeit.

Der Mann des friedvollen Auswegs in das Licht, der der eingefleischten, telegenen Barbarei in Amt und Würden ein Ende macht, müsse bei seinen Landsleuten Liebe und zugleich Distanz, vielleicht ein Gähnen, erzeugen, perfekt austariert, sodass die Distanz mit ihrer Spur Hass nicht zu destruktivem Hass wird, und die Liebe nicht zu gefährlichem Personenkult oder nicht weniger gefährlichem ideologischen Wahn führt.

»Kurz und gut«, sagte Apolinario Canales. »Ich habe die letzten zwei oder drei Jahre meines Lebens nach diesem Mann gesucht.«

»Und in wessen Auftrag?« Das Gespräch hatte für meinen Geschmack, oder besser gesagt, meinen Riecher, eine interessante, aber ungewöhnliche Wendung nicht ohne unterschwellige Drohungen genommen.

»Auf eigene Faust«, erwiderte Apolinario, ohne das kleinste Zögern. »Nach meiner politischen Schlappe und dem Exil habe ich beschlossen, außerhalb des Schutzes der Institutionen, die es gab und geben wird, zu arbeiten. Ich bin zu einem *free lancer*, im umfassenden Wortsinn geworden. Wissen Sie, was ein *free lancer* ist?«

»Natürlich. Auch wenn ich nicht wusste, dass es sie auf dieser Ebene gibt... Aber sagen Sie mir bitte eines: Glauben Sie, dass es möglich ist, einen Mann mit derart widersprüchlichen Qualitäten oder eher Eigenschaften zu finden: charismatisch und mittelmäßig, magisch und grau, herausragend und nichtssagend? Das klingt mir, verzeihen Sie, nach der Quadratur des Kreises.«

»Ich gebe zu, dass das auf den ersten Blick schwierig zu sein scheint, aber es ist auf keinen Fall unmöglich. Sie werden noch verstehen, dass das Wort ›unmöglich‹ in meinem Wortschatz nicht vorkommt. Außerdem ist die Diskussion in diesem speziellen Fall rein theoretisch. Aus dem einfachen Grund, weil ich meinen Mann schon gefunden habe...«

»Interessant!«, rief ich aus, auch wenn ich mir sagte, dass das Gespräch nach dem verlockenden Vorwort jetzt anfing abzuheben, und ich spürte, es würde nichts ausmachen, wenn ich mir die verschiedenen Flaschenetiketten, die bunten Kanapees einmal aus der Nähe ansah.

»Und darf man erfahren, wer es ist?«

»Ja doch!«, rief Apolinario mit seinem strahlendsten Lächeln aus. »Aber selbstverständlich! Sie!«

»Ich?!«

Ich hatte die Hand ausgestreckt, um nach einem Seezungenkanapee zu greifen und hielt in der Luft inne, verblüfft, vielleicht insgeheim geschmeichelt, auf jeden Fall ungläubig.

»Sie! Faustino Joaquín Piedrabuena Ramírez!«

»Ich hatte geglaubt, das sei unser erstes ernsthaftes Gespräch«, sagte ich.
»Das ist es«, erwiderte Apolinario Canales. »Das ernsthafteste Gespräch der Welt. Sehen Sie nicht, dass Sie genau die Bedingungen erfüllen oder erfüllen können, die ich Ihnen vor einem Moment beschrieben habe?«
»Mal sehen…«
Ich ließ mich wieder in meinen Sessel fallen. Ich erinnerte mich an meinen Vorsatz, meinen vernünftigen Vorsatz, einen klaren Kopf bewahren zu wollen. Es war in der Tat der einzige vernünftige Vorsatz, den ich fassen konnte. Ich würde mich nicht verwirren, nicht aus der Ruhe bringen, nicht einwickeln und nicht provozieren lassen.
»Es ist ganz einfach. Sie müssen nur einen Vertrag unterzeichnen, dessen Entwurf ich mir erlaubt habe mitzubringen« – Apolinario, der jetzt eine Lederjacke mit langen dunklen Reißverschlüssen an den Seiten trug, öffnete einen und holte aus der großen, perfekt dafür geeigneten Innentasche ein mehr oder weniger dickes Bündel Dokumente heraus –, »und ich bereite mit meinen Leuten, die in diesem Land sehr gut positioniert sind, Ihre Kandidatur für die nahende, große politische Wende vor.«
»Das ist doch vollkommen lächerlich«, erwiderte ich. »Ich verstehe nicht, wie ein intelligenter und gut informierter Mensch, und das ist bei Ihnen zweifellos der Fall, sich so abstruse Pläne ausdenken kann. Haben Sie meine kommunistische Vergangenheit, mein jahrelanges Exil in Ostberlin, wo ich im Übrigen, trotz dieser seltsamen Unterbrechung, immer noch im Exil bin, vergessen? Ich habe den Eindruck, Sie verwechseln mich mit jemandem.«
»Das ist genau der Punkt!«, rief Apolinario, immer noch lächelnd, aus, als wären meine Einwände, die Haare in der

Suppe, vorhersehbar gewesen. Er stand mit der ihm eigenen Beweglichkeit auf und reichte mir das Tablett mit den Kanapees. Und ich ließ mich von dieser kalten, klebrigen Seezunge in Versuchung führen, auf die ich kurz zuvor ein Auge geworfen hatte. Wenn wir schon geradewegs in den Nonsens abdrifteten, in eine verkehrte Welt, war es besser, die Reise wenigstens gut gerüstet anzutreten.

»Ihre Vergangenheit macht Sie jetzt und noch für eine ganze Weile für das öffentliche Leben unbrauchbar; von dem, was ich Ihnen vorschlage, ganz zu schweigen. Aber genau hier trete ich auf den Plan. Mit meinen speziellen Diensten! Hören Sie jetzt ganz aufmerksam zu, was ich Ihnen sage. Nach diesem Vertrag behalte ich Ihre Vergangenheit. Warum? Weil ich es so will. Weil ich unter vielen anderen Kuriositäten Vergangenheiten sammle. Wussten Sie das nicht? Na schön, dieses Detail ist in der Tat nicht sonderlich bekannt. Das gemeine Volk denkt immer an die Seele, an den Verkauf der Seele, aber die ist eine Entelechie und nutzt nicht viel, wenn es ums Konkrete geht. Die Vergangenheiten in all ihrer Verschiedenheit, ihrer gelegentlichen Schönheit, ihrer Traurigkeit, ihrer Korruption, mit ihren Schandflecken und ihren glanzvollen Momenten ... Denken Sie ein wenig nach. Nun gut, von dem Augenblick an, in dem Sie den Formalitäten entsprechend Ihre Unterschrift unter den Vertrag setzen, wird ihre echte Vergangenheit Teil meiner privaten Sammlung, die ich in einem Archiv in einem meiner Büros im Zentrum von Santiago aufbewahre. Als Gegenleistung entwickle und verschaffe ich Ihnen *ad hoc* eine Vergangenheit, die mit einem Federstrich all Ihre Probleme und, sagen wir mal, Ihre Begrenzungen lösen wird, perfekt für das Ziel, das Sie und ich uns gesteckt haben...«

»Dass Sie sich gesteckt haben, besser gesagt.«

»Und Sie auch. Jetzt seien Sie nicht starrköpfig! Lassen Sie es mich erklären ... Wenn Ihre persönliche Geschichte in meine Sammlung eingeht, wird sich niemand mehr an sie erinnern. Ihre Vergangenheit wird zu einem unbeschriebenen Blatt. Wir können darauf schreiben, was wir wollen. Vielleicht könnte es für uns beispielsweise von Interesse sein, dass Sie Talca nie verlassen haben. Dann haben Sie es eben nie verlassen! Sie haben den Militärdienst abgeleistet und treue Freunde bei den Streitkräften. Obwohl Faustino Piedrabuena, ihr ehemaliges Ich, durch das Los freigestellt wurde, oder weil Sie kurzsichtig sind und nie in ihrem Leben einen Soldaten gesehen haben. Und all das erledigen wir mit der Unterzeichnung des Vertrags in einem Arbeitsgang. Sie werden strenggläubiger Katholik sein, denn das mit dem Laizismus und der Freimaurerei ist inzwischen aus der Mode gekommen, genau, und unter anderem deshalb bin ich ja wieder zurück im Spiel. Verstehen Sie das oder nicht? Schauen Sie mich nicht so an. Reden ist Silber, Schweigen ist Gold. Sie werden katholisch und ein Freund des Bischofs sein und ein Ohr für die Probleme der Armen, der Behinderten haben. Vielleicht machen wir aus Ihnen einen Rechtsanwalt, die sind zu allem Möglichen nützlich, es sei denn, die Computer schlagen einen anderen Beruf vor ...«

»Die Computer!«

»Meine Dienste nutzen, wie Sie sich vorstellen können, die neueste Technik. Wir machen keine halben Sachen! Sie liefern uns den genauen Lebenslauf, die Vollkommenheit, die es auf Erden – und vor allem auf dieser Erde und in diesen Zeiten – nicht gibt ... Sie könnten zum Beispiel die großen Gewerkschaften verteidigt und mit der Vicaría de Solidaridad zusammengearbeitet haben, aber das soll Sie nicht daran hindern, dicke Freunde in den höheren Etagen der Geschäftswelt zu haben, und es mag Gerüchte geben, dass Sie der von der Botschaft der Vereinigten Staaten bevorzugte Kandidat sind, Gerüchte, bei denen ich dafür sorge, dass sie falsch und zugleich wahr sind...«

»Falsch und zugleich wahr!«

»Ja, mein Freund. Falsch, weil es überhaupt nicht angeht, der Kandidat von Washington zu sein, und wahr, weil es unter bestimmten Umständen angeraten ist zu sterben. Wie finden Sie das?«

Ich sagte ihm, ich fände das alles ganz nett, um die Angelegenheit etwas zu würzen, aber wer sollte das glauben?

»Ein Mann mit wenig Glauben!«, rief Apolinario aus und hampelte herum, indem er die Beine überkreuzte und wieder löste. »Darum kümmere ich mich!«

»Sehr schön!«, sagte ich. »Gehen wir einmal davon aus, dass Sie, an dessen Fähigkeiten ich immer weniger zweifle, in ganz Chile das Sagen haben. Aber da wäre noch eine Kleinigkeit...«

Apolinario legte die rechte Hand ans Kinn. Er sah mich mit einer Mischung aus Ungeduld und besorgter, fast zärtlicher Aufmerksamkeit an.

»Und die Kleinigkeit ist, dass ich, wie soll ich sagen, keine Lust habe, auf meine Vergangenheit zu verzichten. Schließlich ist es meine, wie durchschnittlich sie auch sein mag. Und wenn man uns schon die Vergangenheit nimmt...«

Faustino spricht den Satz nicht zu Ende und muss unwillkürlich wieder an den schwarzen, spitzen Nagel seines Reisegefährten denken, den der andere fast immer zu verbergen versucht und dann plötzlich wie einen Degen, ein Emblem, einen Stahlsporn schwenkt. Faustino wünscht sich, ihn nie getroffen zu haben. Er würde am liebsten den ganzen Weg zurückgehen, wünschte sich, dass alles wieder so war wie früher, bevor der andere die Bühne betrat.

»Außerdem«, sagt er, »müsste ich dann mit kaputten Nerven leben. Wie soll ich eine Erinnerung unterdrücken und dafür eine andere lernen? Und auch noch in Erinnerung behalten? Ich bin zu alt für solche Manöver.«

Der andere lächelt verschlagen. Er streicht sich über das Kinn.

»Das mit dem Alter«, sagt er, »ist gerade eines der Details, bei dem wir Abhilfe schaffen können ...«

»Ach ja? Ich glaube, ich würde mir meine neue Vergangenheit schlecht einprägen und ständig ins Fettnäpfchen treten. Ich würde sogar den Namen vergessen! Denn ich gehe davon aus, dass ich einen anderen Namen annehmen muss ...«

Apolinario verschränkt wütend die Arme vor der Brust. Seine Geduld ist groß, sicher, und seine Hartnäckigkeit nicht minder, aber diesmal hat er einen Kunden mit, wenn wir es so nennen dürfen, einem besonderen Dickschädel. Die Regentropfen klatschen jetzt regelmäßiger an die Scheiben. Während die dicken Scheite im Kamin Funken sprühen, geht die Außenwelt in herabstürzenden Wassermassen unter. Das eine oder andere klapprige Auto fährt in der Ferne vorbei und kämpft sich durch die Suppe, und der Bürgersteig liegt, gekehrt von den Wellen des Golfs, überschwemmt und einsam da.

»Ich sehe, Sie reagieren wie ein Kind«, sagt der andere. »Mit einem Mangel an Reife, der einem fast leidtun kann. Wenn alle sich so verhalten würden wie Sie, wenn alle Pflicht, Planung, Ehrgeiz, wie auch immer man es nennen will, verschmähten und sich an ihre winzige Parzelle, an die melancholischen Inhalte ihres Gedächtnisses klammerten, können Sie sich vorstellen, wie es dann um die Welt bestellt wäre?«

Verärgert und durcheinander, geht Faustino zu dem Barwagen. Wie, denkt er, könnte er sich einen derart penetranten Begleiter vom Hals schaffen? Der Zeiger der Wanduhr rückt von einem Strich zum nächsten vor. Trotz der Geräusche drinnen und draußen ist das Ticken deutlich zu hören. Der Regen wird feiner, ohne nachzulassen, und kleine Gestalten überqueren in der Ferne, in der Nähe des Meers, die Straße, die Krägen hochgeschlagen und die Köpfe mit Zeitungspapier bedeckt.

»Möchten Sie, dass wir diesen Entwurf zusammen laut lesen?«, fragt Apolinario und fängt sogleich mit seinem leicht auswärtigen Akzent an. »In Santiago, am x-ten irgendetwas, um so und so viel Uhr, erscheint vor mir Faustino Joaquín Piedrabuena Ramírez, etcetera, Chilene, Rechtsanwalt, Kulturjournalist, geboren in Talca am…«

Faustino schluckt. Er bittet ihn, nicht fortzufahren. Ist es denn wirklich notwendig, um diese Zeit, vor einem guten Frühstück, diesen redundanten Wisch in juristischem Fachchinesisch zu lesen? Es hatte schon seinen Grund, dass er die Juristerei an den Nagel hängte, um sich den Kulturkolumnen, ästhetischen Problemen, der Kunstkritik zu widmen. Manchmal ist ihm, als habe er eine intellektuelle Nahrung auf der Grundlage von drögem Sägemehl durch etwas Spritzigeres ersetzt. Und ehrlich gesagt, wollte er weiter so leben. Allein der Gedanke an Apolinarios Vorschlag löste bei ihm Kopfschmerzen aus.

»Dann unterschreiben Sie hier«, sagt Apolinario.

»Und seit wann, bitte schön, muss man Entwürfe unterzeichnen? Und dann noch, ohne sie gelesen zu haben!«

»Wie Sie wollen.« Apolinario schob das Bündel wieder in eine Tasche seiner Lederjacke. »Dieses Detail ist nicht weiter von Bedeutung. Wir werden morgen früh abreisen, und der Notartermin für die Unterschrift ist um fünf Uhr.«

»Warten Sie!«, fleht er. »Nicht so schnell.«

»Was für eine Erklärung brauchen Sie denn noch, mein Freund?«, sagt Apolinario, und seine Stimme ist einschmeichelnder, langsamer und vager, vager denn je. Faustino verspürt diffuse Hautreaktionen: eine Art allgemeine Verkrampfung und eine Gänsehaut an den Armen, im Nacken und am Rücken.

»Es würde mich zum Beispiel brennend interessieren«, stammelt er, »ob ich meine Vergangenheit eines Tages zurückbekomme.«

»Solange unser Pakt währt, nicht«, erwidert Apolinario, und seine Stimme klingt plötzlich wieder neutral.

»Und wann endet unser Pakt?«

Apolinario presst die Fingerkuppen aufeinander, zappelt mit dem Bein, das auf dem anderen liegt und schaut zur Decke.

»Es ist ein unbefristeter Vertrag«, sagt er.

»Dann sagen Sie mir bitte noch etwas. Werde ich nach meiner wahren Vergangenheit gerichtet werden oder nach der, die Sie für mich erfinden wollen?«

»Was meinen Sie damit, werter Freund?«

»Nun…«, erwidert Faustino, der sich in die Ecke gedrängt, unsicher fühlt. »Ich meine natürlich das Urteil des Jüngsten Gerichts.«

Apolinario löst die Fingerkuppen voneinander. Er sieht ihn spöttisch an.

»Sind Sie nicht Ihr ganzes Leben Kommunist gewesen? Seit wann glauben Ihre Genossen an das Jüngste Gericht, können Sie mir das erklären?«

»Jetzt lassen Sie doch diese Haarspaltereien!«, kreischt Faustino, außer sich. »Es wird immer ein Urteil über die Menschen gesprochen, ob von Gott, von den Menschen, von der

Geschichte, von wem auch immer. Und wenn dieses Urteil nicht auf der Vergangenheit des Einzelnen basiert, worauf zum Teufel dann? Beantworten Sie mir das!«

»Sehen Sie... Wenn Sie den offiziellen Vertrag unterschreiben, ist das Urteil schon gesprochen. Es braucht kein Buchstabe hinzugefügt, kein Komma verändert zu werden.«

»Das ist das, was mir an Ihrem famosen Pakt am wenigsten gefällt.«

»Immer mit der Ruhe! Jetzt regen Sie sich doch nicht so auf. Sie sind viel zu kleinlich. Wir rufen den Verwalter, bestellen ein gutes Frühstück, und am Nachmittag begleite ich Sie in ein Kleidergeschäft. Es gibt hier ein sehr gutes, das die Gutsbesitzer, die reichen Bauern, ausstattet. Und morgen sieht die Welt schon anders aus...«

»Ich bin immer noch nicht überzeugt. Manchmal glaube ich, es wäre besser gewesen, wenn ich mich nicht mit Ihnen in diesem Café am Kudamm getroffen hätte.«

»Besser? Sie würden jetzt immer noch in Ihrem elenden Loch sitzen, Däumchen drehen und tröpfchenweise ihr Leben verlieren. Jetzt hingegen eröffnen sich Ihnen Möglichkeiten, wie sie kein anderer hat. Von denen Ihre Freunde, Ihre Leidensgenossen im Exil, Ihre Kumpane nicht einmal träumen. Warum denken Sie nicht mal ein wenig nach? Wir könnten dieses Land in ein Paradies verwandeln. Stellen Sie sich doch nur mal vor, was Sie alles sponsern könnten, so kunstbegeistert wie Sie sind, Konzertreihen, Schauspielschulen, Lyrikwerkstätten... Der Ruhm ihrer Vorfahren aus Talca, der sie insgeheim trotz aller Parteitreue so mit Stolz erfüllt, erblasst neben dem, was Sie aus eigenem Verdienst erreichen könnten. Mit meiner Hilfe, versteht sich! Aber das brauchen die Leute, das gemeine Volk, nicht zu wissen... Und wissen Sie, wer Ihnen als Erster zujubeln wird?«

»Wer?«

»Na wer schon? Die Parteigenossen natürlich. Schließlich stünden sie so nicht nur im Rampenlicht, sondern sie hätten einen Parteiheiligen an der Macht.«

»Aber sie wüssten ja nicht, dass ich dieser Parteiheilige bin, der Faustino Joaquín, den sie als jungen Spund kannten.«

»Und, was macht das schon! Ein Kavalier wie Sie, loyal gegenüber der Vergangenheit, die keine Vergangenheit mehr ist, wird ihnen auch so die Hand reichen können, oder etwa nicht? Und Ihre Parteigenossen, was könnten sie sich Besseres wünschen! Sie würden Ihnen sogar eine Statue errichten!«

Faustino Joaquín Piedrabuena kann nur noch tief seufzen, als würde die Dialektik seines Gastgebers ihn erschöpfen.

»Was halten Sie davon«, fährt Apolinario fort, der es versteht, das Eisen zu schmieden, solange es heiß ist, »wenn wir uns jetzt, als Vorspeise, eine hervorragende Aalsuppe und dazu einen erstklassigen Weißwein gönnen?«

»Immer versetzen Sie mir Tiefschläge«, protestiert er über seinen Bauch streichend; er hat das Gefühl, seine Knie würden weich und seine Vorstellungen, die am Anfang so klar waren, für die er immer gekämpft hatte, bald in einem Meer der Verwirrung, in schwindelerregenden, ungemein trüben Wasserstrudeln untergehen.

Du betrachtest dich in dem großen, in eine Mahagoniverkleidung zwischen salomonischen Säulen, ebenfalls aus Mahagoni, eingelassenen ovalen Spiegel und bist mit dir zufrieden. Es ist deine kindliche Seite, die oft hervortritt, die dich in Gefahr bringt und die dich vielleicht rettet, indem sie dir die wahre Natur der Gefahr verheimlicht. Letztendlich durch Gedankenlosigkeit. Der berühmte Monetarismus Chicagos, sagst du dir, hat doch seine Vorteile. Das Geld, in Zeiten galoppierender Inflation in Verruf gekommen, erlangt jetzt wundersame Fähigkeiten. Der mächtige Herr bekommt seine ursprüngliche Macht zurück. Und durch Ausweitung, durch Ansteckung, dank der importierten Kleidungsstücke, die du mit Hilfe deines wunderbaren Gastgebers erworben hast, bist du die gegenwärtige Inkarnation dieses vornehmen Herrn: italienisches Hemd, Krawatte aus reiner Seide, dunkelblauer Zweireiher einer internationalen Marke, ein wenig weit im Rücken und am Gesäß, Schuhe, deren echter, solider Ledergeruch vom Boden in deine zufriedene Nase aufsteigt.

»Zu meiner Zeit hat es das nicht gegeben«, murmelst du und denkst, dass Chico Fuenzalida dich von Ostberlin aus nicht hören kann, und dir fällt eine Bemerkung ein, die dein Gastgeber am Nachmittag zuvor beim Verlassen des Bekleidungsgeschäfts fallen ließ: Die Republik, die verstorbene Republik der katholischen Matronen und der radikalen parteitreuen Väter, sei kein Regime des Überflusses gewesen. Der wehmütige Blick, so gerechtfertigt er in vielen Dingen sein mag, dürfe uns nicht zur Täuschung verleiten.

In dem Raum befindet sich außer dem Spiegel noch ein Diwan aus schwarzem Samt im Empire-Stil, mit den vergoldeten Klauen eines Greifs oder einer Leopardenfrau. Das schmale, von einem dicken Vorhang aus dunkelviolettem Samt verdeckte Fenster geht nicht auf die Straße, auf den Himmel hinaus, so schmutzig dieser auch sein mag, sondern auf das Innere des Halbkreises der Handelsbörse. Das Dach dieses Halbkreises, mit seiner gerillten Kuppel und den Stuckverzierungen, ist sehr hoch. Das Fenster befindet sich in der Nähe von korinthischen Säulen, wird von ihnen verdeckt, sodass die Broker, die Angestellten, das gierige, kreischende Publikum, das gebannt auf die Zahlen an einer elektronischen Tafel starrt, es, das Fenster, und folglich auch dich, deinen

Blick, der jetzt nicht mehr zufrieden, sondern erstaunt ist, nicht bemerken.

Apolinario hatte dich gewarnt, dass man morgens das Gebrüll, das frenetische Geschrei der Transaktionen hören würde, gefolgt von dem Geklapper der Computertastaturen, aber nach dem Mittagessen durchbricht nichts die verborgene Stille des Ortes. Du befindest dich in einem leeren Tempel, geschützt von hohen, dicken Mauern. Außerdem, als wäre das nicht genug, dient dir der dicke Samtvorhang dazu, einen radikalen Schnitt zwischen dem Zimmer und dem Rest der Welt zu machen. Das Halbdunkel wird nur von dem Spiegel beherrscht, der dir das Gefühl gibt, du befändest dich in schlaftrunkenen Gewässern, du fallest sanft zwischen Pilastern hindurch.

Um das Haus zu verlassen, musst du den Raum durchqueren, in dem Apolinario seine Privatarchive aufbewahrt. Einige Schränke sind offen, gefüllt mit umfangreichen Sammlungen von Mappen, und andere sind durch dicke, doppelt verschlossene Glastüren geschützt. Aber dir fällt etwas Widersprüchliches auf: Die Archive, die besonders wichtig, besonders geheim wirken, befinden sich in ganz normalen Pappkartons, ähnlich wie Schuhschachteln, jeder mit einer Aufschrift mit einem einfachen, roten oder blauen Stift versehen. Seltsam, findest du. Du hegst den Verdacht, die riskante Sammlung deines Freundes, wenn du ihn so nennen kannst, ist nicht mehr als ein Hobby. Und dann keimt in dir ein weiterer Verdacht, der dir einen Schauer über den Rücken jagt: Der freie Platz am anderen Ende, ähnlich einer Grabnische, wartet auf das Archiv deiner Vergangenheit, vielleicht ein paar Schuhkartons, nicht viele auf jeden Fall, denn dir ist im Leben nicht viel widerfahren. Aber das Interesse von Apolinario Canales an dem Thema, denkst du, ist ziemlich unerklärlich. So unerklärlich, dass du noch mehr Angst bekommst. Da ist etwas faul! Und du denkst, in dem Augenblick, in dem du die Urkunde unterschreibst, werden sich die Kartons, ob viele oder wenige, die für dich bestimmt sind, füllen und diesen freien Platz in dem Schrank einnehmen, man wird sie anhand eines Codes identifizieren, geschrieben mit Stiften, groben Stiften, die aber geführt oder zumindest dirigiert werden von einem Finger mit einem langen, kranken Nagel, und du spürst anstelle des Optimismus von eben, wie dein Herz pocht, während dir der kalte Schweiß ausbricht und der Speichel in deinem Mund zu Teig, trockenem Teig, wird.

Du willst zurückweichen, aber in dem Moment begreifst du, das Fenster zum Halbkreis ist kein Ausgang, es ist das Guckloch, der Luftschlitz einer Gefängniszelle. Worauf habe ich mich da nur eingelassen!, sagst du und gehst mit leicht zitternden Beinen wie aus Wolle durch lange Gänge. Hinter den Türen hört man Telefone, Schreibmaschinen, sich verschluckende und hustende Stimmen. Im Notariat am Ende des Flurs drängen sich die Mandanten vor dem Empfangspult, zusammengepfercht stellen sie sich auf die Zehenspitzen, schubsen sich gegenseitig und stoßen dumpfe Schreie aus. Ein krummer alter Mann, das Opfer eines schweren Parkinsonleidens, steht vor der offenen Tür und kann sich nicht entschließen oder schafft es nicht einzutreten. Du bleibst stehen und schielst zu einer Treppe. Viele Leute kommen herauf und verteilen sich auf die Räume oder versuchen erfolglos, zum Empfang des Notariats vorzustoßen, und das lässt die Vermutung zu, dass die Treppe direkt nach draußen führt.

Du stellst dir die Freiheit der Straße vor, ihre illusorische Freiheit zumindest, und genau in dem Moment fasst dich eine hübsche, energische Sekretärin mit Brille am Arm und führt dich durch das sich drängende Publikum zu einem schön ausgestatteten Raum mit Ledermöbeln, Grünpflanzen und englischen Stichen. Der ganze Saal soll auf Anhieb etwas Beruhigendes ausstrahlen, aber du kannst keine Ruhe finden. Die Sekretärin weist dir einen Stuhl vor einem rechteckigen Tisch zu und reicht dir ein Dokument.

»Bald kommt der Herr Notar«, verkündet sie, »und wird das Original verlesen... Sie können solange Ihre Kopie durchgehen.«

Du schlägst den Text auf, und die Buchstaben tanzen dir vor Augen. Du hast das Gefühl, einen Schwindelanfall zu erleiden, oder vielleicht Schlimmeres, die ersten Anzeichen eines Herzinfarktes. Hier sterben..., denkst du.

Und du fragst: »Werden die Urkunden heutzutage nicht auf dem Computer geschrieben, ohne alles Handschriftliche?«

»Ihre nicht«, erwidert die Sekretärin. »Ihre erfordert eine besonders feierliche Gestaltung.«

Du öffnest den Hemdkragen, denn du bekommst keine Luft. Die Tür zum Nachbarzimmer steht halb offen, und man hört laut und deutlich Apolinarios Stimme. Warum sitzt du allein, so fragst du dich, in dem großen Raum, während draußen so viele andere sich drängen und all die Unannehmlichkeiten auf sich nehmen? Zu allem Überfluss verstehst du, abgesehen vom Datum und dem Briefkopf, kein Wort der Urkunde. Es scheint, als würde dir dein Studium von damals nichts mehr nützen, zumindest nicht bei dieser Art von Vertrag.

Du trinkst ein wenig von dem Wasser, das auf der einen Seite des Tisches bereitsteht, aber dein Unwohlsein wird nicht weniger. Im Gegenteil. Die geschmacklose Kühle der Flüssigkeit steigert dein Gefühl von Unbehagen, von Übelkeit. Im Regal an der Wand, unter den Buchreihen mit den Gesetzestexten der Republik, entdeckst du eine kleine Sammlung von medizinisch aussehendem Gerät: ein weißes Tuch, Watte, ein Fläschchen Wundalkohol und ein paar Metallinstrumente für die Blutentnahme. Was hatte das im Besprechungsraum eines Notars zu suchen?

Du stehst auf, schiebst mit einem einzigen Wisch die Kopie der Urkunde weg und siehst, dass Apolinario Canales dich von der halb geöffneten Tür aus mit einem seltsamen Blick beobachtet, einem Blick, den du noch auf keiner der inzwischen zahlreichen Reiseetappen bei ihm gesehen hast.

»Ich gehe auf die Toilette«, stammelst du, »und bin gleich zurück.«

Du bist ruckzuck an der Tür, und eine weibliche Hand packt dich mit stählerner Kraft am Arm. Es ist die hübsche Sekretärin mit der Brille, die mit strenger Miene zu dir sagt:

»Hier geht es nicht zur Toilette, Señor.«

Einige Leute aus dem Publikum, die, die am weitesten vom Empfang weg stehen, hören einen Moment lang auf zu drängen und zu protestieren, als wäre ihnen plötzlich klar, dass es Energieverschwendung ist, und starren dich an. Der Alte mit Parkinson ahnt etwas und macht einen winzigen, zittrigen Schritt nach vorn. Die Notariatssekretärin löst in einem Anfall von Irritation die Hand. Du blinzelst, schaust in die dich gleichgültig, neugierig oder mit aufkommendem Erstaunen beobachtenden Gesichter und läufst los. Du glaubst, einen Schrei der Sekretärin zu hören, gefolgt von einer Reihe Kommentaren und verwirrten Ausrufen. Als du hinunterläufst, zerspringt dein Herz beinahe. Die Treppe führt zu einer großen Eingangshalle, in der sich noch Überreste von Dekor aus den zwanziger Jahren befinden, eine Uhr, bei der der Minutenzeiger verlorengegangen ist, Aufzugstüren mit Blumenrosetten aus Bronze an den Fenstern. Dieselben Blumenrosetten verzieren auch die Eingangstür, die zum Glück offen steht. Es kommt dir unglaublich vor, dass niemand sie bewacht. Das heißt vielleicht, dass deine Befreiung aus Apolinarios Klauen ungewöhnlich ist, absolut unüblich. Du gehst auf die Straße hinaus und läufst diskret los, mit kurzen Schritten, wie die Leute, die zu einer wichtigen Verabredung zu spät kommen, aber Haltung bewahren wollen. Du willst auch Haltung bewahren, ein Minimum an Haltung, auch wenn das Verdacht erweckt. Hin und wieder drehst du dich um, und du hast den – möglicherweise falschen – Eindruck, dass niemand dir folgt. Am Tag zuvor, im Süden, während des Frühstücks im Club Alemán, als er dich mit ins Geschäft nahm, um Kleider zu kaufen, steckte Apolinario dir ein dickes Geldbündel in die Tasche. »Auf den Vertrag«, sagte er, und dann bat er dich, eine Empfangsquittung zu unterschreiben, irgendein Stück Papier. »Für meine Akten.« Liebend gern würdest du jetzt dieses Geld zurückgeben und dafür die Quittung bekommen. Du hast Angst, man könnte dich hier, auf dieser Seite des Ozeans, festnehmen. Wegen dieser Unregelmäßigkeit, die zweifellos bereits den Tatbestand der Bestechung erfüllt. Das Problem ist, dass du bereits zwei oder drei der ganz neuen, noch nach Druckerei riechenden Geldscheine ausgegeben hast, indem du diese Kleidungsstücke gekauft hast und so unvorsichtig warst, die alten, stinkenden Klamotten wegzuwerfen. Du sagst dir, schließlich ist es ja Apolinario Canales, der dich in dieses Abenteuer verstrickt hat, und zwar mit Tricks und Täuschung. Es kann ihn also ruhig etwas kosten, und außerdem scheint das Geld ihm ohnehin nicht wichtig zu sein, als würde er es in diesen Büros, diesen Gängen, diesen Kellern selbst drucken, in denen er nach Belieben schalten und walten kann. Wozu dienten die Labors in diesem Haus im Norden, mit den Chamäleons und den Pfauen?

Keuchend, aber ohne übermäßig Aufmerksamkeit zu erregen, erreichst du schließlich eines der Taxis, die in einer langen Reihe in der Nähe der Plaza de Armas stehen.

»Guten Tag, Señor«, sagt der Taxifahrer, ein gebeugter, schwer atmender alter Mann, der dich im Rückspiegel beobachtet. »Wo soll es hingehen?«

Im Bruchteil einer Sekunde wird dir bewusst, wie misslich deine Lage ist: Du hast weder ein Fahrziel noch Papiere, du weißt nicht, wo du hinsollst, deinen richtigen Wohnsitz kannst du nicht nennen, und schon dein Äußeres, deine neuen Kleider, von der Krawatte bis zu den Schuhspitzen, und dein Gesicht, als sei der Leibhaftige hinter dir her, sind höchst unpassend, absurd.

»Zum Barrio Alto«, sagst du.

»Zum Barrio Alto? In welchen Teil des Barrio Alto?«

»Fahren Sie einfach los, bitte«, antwortest du und schaust durch das Rückfenster zu Apolinarios Büros. »Wenn wir dort sind, sage ich Ihnen Genaueres.«

Der Taxifahrer mustert dich wieder im Rückspiegel. Du hast das Gefühl, in seinem Blick liegt jetzt eine Spur von Irritation, vielleicht sogar Verdacht. Oder du leidest unter Verfolgungswahn. Gründe genug hättest du! Bis der Mann schließlich den Motor anlässt und sein ramponierter Wagen, Rauchwolken ausstoßend und wackelnd und quietschend wie eine altersschwache Espressomaschine, auf die Mitte der Straße rollt. Du erkennst durch das Rückfenster einen neoklassizistischen, grauen Turm, Kolonnaden, gebogene Fenster. Du fühlst dich vage an die Wall Street erinnert, die du nur von Fotos kennst, und an die Architektur Babylons, eines Babylons aus den Stummfilmen Hollywoods.

Als ich mit einem der neuen Geldscheine von Apolinario zahlte, dachte ich, der Taxifahrer würde ihn hin- und herwenden, ihn mir zurückgeben und sagen: Wollen Sie mich auf den Arm nehmen, oder was? Aber er sah den Schein an, schaute hoch in den Spiegel und fragte, ob ich es nicht kleiner hätte.

»Heutzutage«, sagte er, »verdient man nicht mehr so viel...«

Apolinarios Geldscheine, die kleinen wie die großen, waren also gültig. Was wäre geschehen, wenn ich den Vertrag unterzeichnet hätte? Was würde ich dann jetzt gerade tun? Ich dachte schmunzelnd, dass mir Nadelstiche, Injektionen noch nie gefallen hatten, ganz zu schweigen von dem Anblick des Blutes. Ich betrat mit gesenktem Kopf eine Kneipe im Hochparterre eines schneckenförmigen Baus. Innen war sie einer Bar aus dem Wilden Westen nachempfunden, eine Flügeltür, ein paar Cowboys an der Theke, echte Cowboys, die aber ein rudimentäres Spanisch sprachen, in dem sich die dumpfen, kehligen Laute bis zur Erschöpfung wiederholten; ein Kellner mit Mapuchegesicht, den man perfekt als Rothaut verkleidet hatte, einschließlich Bemalung und Federn. An den Wänden befanden sich alte Gewehre und von Spinnweben überzogene Flaschen, die einen hundertfünfzig Jahre alten Kornwhiskey enthalten haben mochte, und daneben stand in bunten Buchstaben auf einem Hintergrund aus geschliffenem Glas das Wort SALOON.

Ich sah im Vorbeigehen die Cowboys an, die mir einen finsteren Blick zuwarfen, so als wollten sie mir zeigen, dass sie nicht Teil der Dekoration waren, und ich ging zu einem Telefon in einer Kabine aus Baumstämmen. Als ich die Nummer von María Eduvigis, meiner Ex-Frau wählte, zitterte mir die Hand. Ich wusste nicht, ob ich fähig wäre, körperlich fähig, zu sprechen. Seit mehr als zwei Jahren hatte ich meine Tochter aus Berlin nicht angerufen, aber von Berlin aus anzurufen war eine Sache und von Santiago aus anzurufen, ohne die Umstände meiner Ankunft nennen und offen um Hilfe bitten zu können, eine ganz andere. Es klingelte drei oder vier Mal, dann wurde abgehoben, und ich erkannte sofort die Stimme meiner Tochter, ruhig, erwachsen, neutral. Und ich hörte mich, völlig fertig, gebrochen, folgende Worte sagen:

»Asuntita... Hier spricht Faustino... Dein Vater... Ich bin hier in Santiago...«

Faustino. Dein Vater. Das sagte ich. Und aus Asuntas Mund kam ein Freudenschrei. Dann fragte sie:

»Aber was machst du denn hier, Papa?« Und sofort wurde ihr offenbar klar, dass die Frage dumm und außerdem gefährlich war.

»Ich bin in einer Wild-West-Bar«, stammelte ich, obwohl das nicht der passende Moment für Witze war, und ich musste aus der Kabine gehen und die Mapuche-Rothaut nach der genauen Adresse fragen. Er ging, seine Lederfransen und Federn schleppend, zur Kasse und sagte etwas zu einer dicken, gelangweilt strickenden Kassiererin. Er kam mit einer auf Baumrinde oder imitierter Baumrinde gedruckten Visitenkarte zurück.

Ich bestellte ein Bier und wartete auf meine Tochter, ohne die Cowboys anzusehen. Sie machten den Eindruck, als seien sie ganz wild darauf, mich zu provozieren, mich irgendwie zu attackieren.

OSTRAS DE LAS MONTAÑOSAS ROCALLOSAS stand auf einem Schild, und der als Rothaut verkleidete Kellner erklärte mir, es handle sich um eine Mischung aus Hoden, Hühnereiern und gebratenen Kartoffeln.

»Möchten Sie eine Portion? Es ist die Spezialität des Hauses.«
»Nein, vielen Dank.«

Als die Flügeltür aufging, war ich im ersten Moment unwillkürlich enttäuscht. Ich dachte, Asunta, meine Tochter, wäre mehr gewachsen, hätte größere Augen, würde sich besser kleiden, was weiß ich. Nun, sie hatte das ovale Gesicht ihrer Mutter geerbt, aber etwas in ihrem Gesichtsausdruck, zwischen Nase und Augen, hatte sie von mir, wohingegen die Blässe und das starke, harte, fast dramatische Funkeln in den Augen, das sie von keinem von uns hatte, im Verlauf der letzten Jahre entstanden sein mussten. Sie trug einen grauen, grob gestrickten, derben Pullover, einen schwebenden, langen, blauen Schal um den Hals und eine Art Baskenmütze in derselben Farbe, die mich, bevor wir uns dezent, mit zurückhaltender Rührung umarmten und küssten, an eine Ausstellung erinnerte, die ich in Berlin in der Nähe von Unter den Linden auf Plakaten zum Spanischen Bürgerkrieg gesehen hatte.
»Woran denkst du?«, fragte Asunta und sah mich voller Zärtlichkeit an.
»An nichts. Daran, dass ich gerührt bin.«
Asunta sah zu den Cowboys hinüber, die auf ihren Hockern unruhig mit den Beinen zappelten, als wollten sie sagen: Jetzt schau nicht so, du Ziege. Wir mögen keine gaffenden, vorwitzigen Ziegen, vor allem nicht, wenn sie subversiv, kommunistisch angehaucht aussehen…
Sie senkte die Stimme, und diese nahm sogleich einen konspirativen Ton an. Sie brauche keine Einzelheiten zu wissen, sagte sie, aber sie könne sich natürlich vorstellen, dass ich in das Land gekommen war, um eine gefährliche revolutionäre Mission zu erfüllen. Sie habe immer gedacht, fügte sie hinzu und machte mich sprachlos, dass ich ein pazifistischer Kämpfer war, aus dem gemäßigten Lager, dem der Ausgeglichenen, der bequemen Dickwanste, aber die Lebensumstände würden die Menschen wohl verändern. Sie habe früher nicht geglaubt,

dass ich mich ändern könnte, aber jetzt stelle sie fest, dass sie sich gründlich geirrt habe, und das mit Wohlwollen, mit Stolz. Sie sah mir dabei in die Augen und drückte meine Hände. Sie wolle mir, fügte sie hinzu, vor allem mitteilen, dass sie sehr bewegt sei, mich nach so vielen Jahren wiederzusehen, und obwohl mein Name bei ihr zu Hause nicht gern gehört werde, könne sie mir versichern, dass zumindest sie mich sehr liebe, sagte sie, trotz der Distanz, der Zeit und dem Krawall.

»Außerdem«, fuhr sie augenzwinkernd fort und fasste meine dicklichen, gar nicht heroischen, sich am Bierkrug festklammernden Hände, »leiste auch ich nach allen Kräften Widerstand, ich arbeite insgeheim – aus Vorsicht, aber auch weil Mama, diese unverbesserliche Mumie, sonst vor Wut krank würde – für ein paar Organisationen...«

Für welche, sagte sie nicht, und ich fragte auch nicht weiter nach, vor allem nicht in Gegenwart dieser gefährlichen Cowboys, aber sie verstand insgesamt, dass ich eine schwierige Mission auszuführen hatte, und sie war bereit, mir so gut sie konnte zu helfen.

Ich schluckte. Es war perfekt, dass Asunta dachte, ich sei in einer solchen Mission unterwegs. Denn wenn ich ihr die Wahrheit sagte, würde sie mich für einen Wahnsinnigen halten, oder sie würde mit dieser politischen Paranoia, die ich aus Erfahrung kenne, noch Schlimmeres denken: Sie würde den Verdacht hegen, dass ich durch den Verlust an Moral während meines Exils zu einem Doppelagenten geworden bin. Sie läge da im Übrigen auch gar nicht so falsch! Denn diese Unterschrift, diese brandneuen Scheine, diese Verlockungen, was bedeuteten sie? Wo führten sie hin? Ich nahm mich zusammen, da die Angst mich paradoxerweise zwang, mich heroisch zu geben, und sagte klipp und klar, dass ich nichts Geringeres als einen falschen Pass und Geld für die Rückreise brauchte.

»Man hat dich einfach so hierher geschickt, ohne alles!«
»Es ist was schiefgelaufen«, murmelte ich, »und jetzt muss ich hier irgendwie weg. So schnell wie möglich.«
Ich sah zu den Cowboys, und die Cowboys, die trotz ihrer Überheblichkeit an einer wahnhaften Überempfindlichkeit litten, erwiderten meinen Blick so zornig, dass ich erstaunt, verblüfft war.
»Wasglotzt'nmann?«, grummelte einer von ihnen, und ich, verwirrt, schaute fragend drein. Es fehlte nicht viel, und ich hätte ihn gebeten, mir den Satz zu erklären oder zu übersetzen.
»Vorsicht!«, flüsterte Asunta.
Der Cowboy artikulierte nun deutlicher und langsamer: »Was glotzt du, Blödmann?«
Ich wurde puterrot, meine Ohren glühten, und der Cowboy sprang innerhalb von Sekunden von seinem Hocker, durchquerte die Bar und kippte mir einfach so den Inhalt seines Glases ins Gesicht, warmes Bier voller Speichel.
Asunta sah den Kerl mit einer Miene perfekt kontrollierten Hasses an, einer Kontrolle, die, so erkannte ich, das Ergebnis von Erfahrung war, und der als Rothaut verkleidete Kellner kam mit einem schmutzigen Lappen angerannt und fing an, voller Mitleid mein Gesicht und das Hemd trocken zu reiben.
»Beachten Sie ihn nicht, Señor«, flüsterte er. »Sie wählen immer einen aus und machen dasselbe.«
Ich merkte, dass die extreme Röte einer fahlen Blässe gewichen war.
»Lass uns gehen!«, bat ich.
»Warum sollen wir gehen?«, sagte sie. »Die Bar gehört ihnen nicht.«
»Ich fühle mich angepisst!«

»Wir sind alle angepisst!«, erwiderte sie. »Und es passieren weit schlimmere Dinge...«

Einen Meter entfernt stand der Kellner mit dem Lappen in der Hand und blickte mich konsterniert, verhohlen solidarisch an. Man sah ihm an, dass die Cowboys ihn Hunderte von Male angerempelt und gedemütigt hatten!

»Wenn ich eine Pistole in der Tasche hätte«, sagte ich, jedes Wort betont langsam aussprechend, »würde ich sie abknallen wie Hunde. Das schwöre ich dir bei Gott!«

»Beruhige dich«, sagte sie und tätschelte mich.

»Ich bringe Ihnen ein Bier, Señor!«, flüsterte mir der Kellner ins Ohr. »Auf Kosten des Hauses!«

Die Cowboys lachten derweil schallend, schlugen sich gegenseitig auf Hände und Brust, spuckten große Bogen, stiegen von den Hockern wie von ihren Pferden und zogen sich zurück.

»Wie kannst du hier leben!«, rief ich aus und konnte vor Wut die Worte kaum richtig aussprechen.

Sie zuckte mit den Achseln. Man könne sich das nicht immer aussuchen. Und zwischen dem Kampf und dem Exil würde sie den Kampf vorziehen. Aber nicht ständig, wegen jeder Bagatelle. Man müsse das Terrain vorsondieren, sagte sie, und ihre Augen glühten dabei vor Leidenschaft, und dann genau dort zuschlagen, wo es am meisten wehtut.

»Ich bin ausgezogen, um zu kämpfen, weißt du. Ich weiß nicht, gegen wen. Gegen meine Mutter vielleicht, aber mit Vorstellungen, die ihren genau entgegengesetzt sind...«

Sie erzählte, dass ihre Mutter so blöd gewesen war, ihr Geld in einem Fonds anzulegen und sich damit zu ruinieren. Sie sei vernagelter denn je und finanziell am Ende. So sei es also nicht so leicht, an das Geld für meine Rückreise zu kommen. Aber sie werde auf jeden Fall alle Hebel in Bewegung setzen. Und wegen des Passes werde sie sich mal umhören, bei Leuten, die sie kenne, und sie deutete an, dass sie wusste, wovon sie sprach.

»Wo bist du da nur hineingeraten, Papi!«, rief sie aus, und ich glaubte, in ihrer Stimme eine Mischung aus Bewunderung und Sorge zu hören. Ich war baff. Wenn sie wüsste, sagte ich mir, dass meine einzige Kühnheit darin bestand, eine Verabredung zu einer Tasse Kaffee angenommen zu haben und dass das die einzige Kühnheit seit ewigen Zeiten war... Es lief mir eiskalt den Rücken herunter.

»Du musst mich hier rausholen, Asuntita! Egal wie!«

Gerührt sah sie mich aufmerksam aus feuchten Augen an, stand auf und küsste mich auf die Stirn. Die Aufgabe, die ich ihr auferlegt hatte, wollte sie sagen, war nicht gerade einfach. Ganz im Gegenteil, sie war, um die Dinge beim Namen zu nennen, ganz schön knifflig. Aber... sie habe da ein paar Freunde...

»Bitte, Asuntita, Schätzchen!«, sagte ich und merkte, dass auch ich im Eifer des Gefechtes schon anfing, in Diminutiven zu reden. »Wenn nicht, bin ich geliefert!«

Weil es Freitagnacht war und es keine Ausgangssperre gab, machten wir ein paar Erledigungen und kamen gut voran. Ich konnte Asunta nicht sagen, dass ich in Wahrheit Angst vor zwei Sachen hatte: vor der Polizei und vor einem gewissen Apolinario Canales und seinen Leuten, vor allem, wenn diese Leute in jener Bar oder bei jenem Notariat arbeiteten. Ich konnte ihr zum Beispiel nicht erzählen, dass ich um Haaresbreite entkommen war, denn hätte ich unterschrieben, säße ich jetzt ganz schön in der Tinte! Ich wusste, dass Apolinario mit seiner affektierten Stimme, seiner hüpfenden Art zu gehen und seinen endlosen, unvorhersehbaren Tricks zu allem fähig war und dass er mich, wenn er gekonnt hätte, ohne einen Hauch von Skrupel bis zum letzten Blutstropfen ausgesaugt hätte. Auch wenn er mich dafür natürlich großzügig entlohnt hätte: Macht, Frauen, Geld. Der Mann sparte nicht!

Nachdem sie mit verschiedenen Leuten telefoniert hatte, brachte Asunta mich in eine leere Wohnung, ein paar Zimmer mit einem Bett, einem Tisch, drei Stühlen, einem schrecklichen Sofa aus Kunstleder, das kaputtgegangen war und aus dem der schmutzige Schaumstoff hervorschaute. Zur Unterhaltung gab es ein kleines plärrendes Transistorradio und ein paar Zeitschriften und alte Zeitungen, aufgestapelt neben dem Herd, der aussah, als sei er schon vor dem ersten Gebrauch kaputt gewesen.

»Hier wird dich niemand belästigen«, sagte sie, »aber du darfst keine Aufmerksamkeit erregen. Geh nicht raus, nicht mal bis an die Ecke!«

»Ich brauche eine Zahnbürste!«, protestierte ich niedergeschlagen, »und Rasierzeug und was zu essen.«

»Das bringen wir dir morgen.«

»Und den Pass. Glaubst du, du kannst mir einen besorgen?«

»Geduld!«, bat Asunta. »Ein paar meiner Kontakte können mir vielleicht helfen.«

Ich ging durch die Zimmer wie ein Tiger im Käfig. Ich sollte mich nicht aufregen! Wenn sie mich erwischten, einen illegal aus Ostdeutschland Eingereisten, würden sie glauben, ich hätte mit den berühmt-berüchtigten Waffenschiebereien zu tun. Und selbst wenn sie das nicht glaubten! Sie würden mich nach herrschender Sitte erst zu Brei schlagen und dann erst befragen.

»Wenn du dich in Acht nimmst, gibt es keinen Grund, wieso sie dich erwischen sollten ...«, sagte Asunta. »Kopf hoch, Papa!«, fügte sie, einen ganz anderen Ton anschlagend, hinzu, tätschelte meinen Rücken und schlug mir die Tür vor der Nase zu, sodass mir keine Zeit blieb, noch Fragen zu stellen. Ich lief hinter ihr her auf den Flur, aber über der Aufzugstür leuchteten rosa absteigende Zahlen auf, bis zur ersten Etage. Dann schaute ich aus dem Fenster auf den betonierten Bürgersteig acht Stockwerke in die Tiefe. Direkt an der Ecke stand eine zerbeulte Mülltonne, und viele der Bodenplatten waren kaputt und hatten sich gehoben, als hätte die Erde darunter atmen und sich ausstrecken wollen. Wenn alles schiefging, blieb mir immer noch die Möglichkeit, die Augen zu schließen und hinunterzuspringen! In dem Moment kam Asunta aus dem Haus und entfernte sich festen Schrittes durch die dunkle Straße, die Hände in der Jackentasche, ohne sich umzudrehen. Wenige Sekunden später ging sie eilig an der Ecke vorbei, die Überführung über die Autobahn hinauf, wo sie sich mit den anderen nächtlichen Schatten vermischte.

Es hat den Anschein, dachte ich, denn ich kannte meine Tochter oder zumindest meine erwachsene Tochter erst seit ein paar Stunden, dass sie eine gewandte Frau mit klaren Vorstellungen ist. Wo zum Teufel hing sie da mit drin? Plötzlich schämte ich mich dafür, Angst zu haben, und nicht nur in diesem Moment Angst zu haben, sondern dafür, dass ich trotz des politischen Aktivismus, des Engagements, trotz so vieler Dinge, so vieler Worte, schließlich doch immer gelähmt oder halb gelähmt war vor Angst, Angst vor den anderen und Angst vor mir selbst, vor uns selbst. Wir fristeten unser Dasein unter einer Glasglocke, sagte ich mir und kratzte mich am Scheitel, geschützt und zufrieden, und jetzt ist die Zeit der Feuerprobe gekommen.

Was soll man machen!

Um elf Uhr am Tag darauf, einem Samstag, klingelte es, ein kurzes, knappes Läuten. Anstelle meiner Tochter stand da ein blasser, dürrer, kleiner, junger Mann mit krummer Nase, der aussah wie ein Fahrradbote, übergab mir eine Plastiktüte und sagte ohne Umschweife:

»Von Asunta. Sie kommt Sie morgen früh um diese Zeit abholen.«

Die Tüte enthielt Seife, eine Zahnbürste, einen Wegwerfrasierer, zwei Tafeln Schokolade, ein Paket Schwarzbrot, drei Scheiben Schinken und drei Scheiben Mortadella. Nicht gerade viel, aber zwischen einem Bad mit warmem Wasser, das nichts zu wünschen übrig ließ, und einem frugalen Mittagessen, das mir wie ein Festmahl vorkam, mit Tangos der alten Garde aus dem plärrenden Radio, vergingen nahezu ruhige, nahezu glückliche Stunden. Ich hielt ein hervorragendes Mittagsschläfchen, und am Abend betrachtete ich in dem Gefühl, durch die Dunkelheit des Sonnenuntergangs geschützt zu sein, die Türme der Kolonialkirchen, die in Spitzen oder leicht schiefen Kreuzen endeten, als hätte das letzte Erdbeben sie instabil gemacht. Ein Hubschrauber flog über die Gebäude des Zentrums, und in der Ferne, mit den Anden ihm Hintergrund, flogen langsam zwei kleine Flugzeuge in der üblichen Höhe, zerbrechlich wie kleine Mücken. Die Abendsonne hatte sich hinter mir durch die Wolken geschoben, sodass sich ihre Strahlen in den Türmen, in den Dächern, im Dschungel der Fernsehantennen, in dem lästigen Hubschrauber und den vagen Flugzeugen widerspiegelten, die plötzlich rot, grün, blau funkelten, denn die Strahlen der untergehenden Sonne betonten die Farben ihres Anstrichs. Da war ein seltsames, nicht zu identifizierendes Geräusch, das Echo eines dumpfen Brummens, und ich dachte, Apolinarios Maschine könnte über den Anden auftauchen, ungestüm und schwerelos, mit dem Rätsel und der Botschaft anderer Horizonte, aber bald hatte ich den Verdacht, und dieser Verdacht behagte mir trotz meines großen Wunsches zu entkommen überhaupt nicht, dass die Maschine und ihr Besitzer für immer aus meinem Leben verschwunden waren.

Auch meine Tochter tauchte am anderen Morgen nicht auf, wie der junge Mann angekündigt hatte, sondern erst am Nachmittag dieses Sonntags, gegen sechs, als ich verrückt vor Ungeduld schon kurz davor war hinauszugehen, um sie anzurufen. Sie sagte, wir müssten sofort in ein Hotel im Zentrum umziehen. Sie gab mir einen Koffer, damit mein Einzug im Hotel ganz normal wirkte, und ich hob ihn mutlos hoch. Der Koffer enthielt nichts, er wog nichts.

»Leg ein paar alte Zeitschriften hinein«, sagte Asunta, »Papier, was auch immer.«

Wir nahmen ein Taxi und hielten vor den Bögen des Portals Fernández Concha inmitten eines unwirklich scheinenden Pöbels, der, so sagte ich mir, in meinen diesen Anblick nicht mehr gewohnten Augen eines Bazars in Nordafrika würdig gewesen wäre: Bettler, Straßenkinder, Autowäscher, Verkäufer von Kämmen, Würsten, Süßigkeiten, streunende Hunde, Fliegenschwärme, Frauen mit ausladenden Hüften und dünnen Beinen, mit geschwollenen, feuchten Augen, wahrscheinlich Huren und wahrscheinlich mit einer schlecht kurierten Krankheit behaftet.

Ein kleiner Hund mit geflecktem Fell, schwarzen Pfoten, schwarzem Schwanz und Augen wie zwei kleine Rubine knurrte mich wütend an und zeigte mir seine spitzen Fangzähne und die glänzende Innenseite der Schnauze. Ich spürte, dass alle Blicke auf mich gerichtet waren. Zwei Polizisten kamen langsam auf mich zu und beäugten misstrauisch das ungewohnte Spektakel: Ich in meiner neuen Kleidung und völlig unpassend dazu der schäbige Koffer; meine Tochter in einem langen Chiloé-Umhang; der verfluchte Hund, der offensichtlich nicht mehr von meinen Waden weichen wollte. Die Polizisten gingen mit gelangweilter Miene weiter. Das sind nur Wahnvorstellungen, sagte ich mir. Schließlich war ich nicht anders gekleidet als jeder Finanzbeamte an einem Sonntag. Apolinarios Vertrag hätte erst nach der Unterzeichnung wirklich Früchte getragen. Das vorher waren nur Kostproben, kleine Köder: Sonntagsstaat, ein paar Scheine. Ich hatte den Aperitif probiert, aber die Hauptspeise war mir entgangen. Jetzt wusste ich nicht, ob ich wirklich klug gehandelt hatte. Da war ich mir alles andere als sicher. Denn eine Unterschrift hinsetzen ist ziemlich einfach, und wenn ich das getan hätte, würde ich nicht angepisst, und die Hunde würden mir nicht ihre spitzen Fangzähne zeigen. Das wäre etwas ganz anderes!

Kurzum: Geduld! Ich seufzte und bemerkte, dass der Hund beinahe mit uns in den Aufzug gestiegen wäre. Ich beugte mich ganz nah zu Asuntas Ohr, denn da war eine seltsame Gestalt, ein Kerl, den es vielleicht gar nicht gab, er lehnte an der Aufzugswand, mit einem unbeteiligten Gesicht, rein zufällig.

»Und wenn man mich nach dem Ausweis fragt?«

»Dann sagst du, du hast ihn nicht dabei und gibst irgendeine Nummer an.«

»Und wenn sie nachforschen?«

»Das glaube ich nicht. Sei nicht so nervös.«

»Wie lange bleiben Sie?«, fragte der Portier, ein Kerl in mittlerem Alter, dünnes Haar, schlecht rasiert, schuppig und fettig, und sie antwortete für mich: ein paar Tage. Sie hätte auch ein paar Stunden sagen können, das Gesicht des Portiers hätte nicht anders ausgesehen. Er interessierte sich nicht für meine Papiere, für meinen Koffer oder sonst irgendwas, nur dafür, dass ich für zwei Tage im Voraus bezahlte.

»Kann ich ein Zimmer mit Blick auf die Plaza haben?«

Zum ersten Mal sah er mich ein wenig aufmerksamer an. Diese feinen Details waren außergewöhnlich, fast schon verdächtig. Ich könne eines mit Blick auf die Plaza haben, ja, Señor, und wenn ich die Fenster öffnete, die Abendständchen des Orfeón de Carabineros hören, aber diese Sonderleistung kostete noch mal tausend Pesos extra.

»Sehr schön!«, sagte ich.

»Sie zahlen die tausend Pesos zusätzlich?«

»Ja«, sagte ich und legte zwei neue Tausender, einen für jeden Tag, auf die Theke. Asunta sah mich überrascht an, aber ich kam von weit her und war nicht irgendwer, war in der Nähe einer außergewöhnlichen Macht gewesen und hatte sie kurz berührt. So gesehen...

Der Portier brachte mich in ein übelriechendes Zimmer mit unebenen Dielen und ohne auch nur die Spur eines Teppichs. Durch eine undichte Stelle am Hahn der Badewanne war die Beschichtung angegriffen, und es hatte sich ein schwarzgrüner Streifen gebildet. Das heiße Wasser kam kalt aus dem Hahn, begleitet von einem starken und lauten Beben, und die Heizung funktionierte auch nicht.

»Es gibt bestimmt Mäuse hier«, murmelte ich und dachte, dass Apolinario Canales' Geldscheine mich an ein Tor geführt hatten, denn durch die leichtsinnige Annahme war eine Art Vertrag zustandegekommen, auch wenn ich mich später nicht getraut hatte zu unterschreiben. Und ich hatte es voller Unschuld, ohne Skrupel passiert, ohne die über dem Rahmen glitzernde Inschrift zu lesen:

Lasciate ogni speranza, voi ch'entrate...

rezitierte ich, und erinnerte mich an die Zeiten, zu denen ich bei den unterschiedlichsten Kulturbeilagen mitarbeitete, diese fernen Zeiten, die mir damals so unglücklich vorkamen und die aus heutiger Sicht mit all ihren Beschränkungen, Tiefs und der Traurigkeit, aber auch dem Humor, den Träumen und Illusionen eher glücklich erschienen.

Asunta sah mich, den Chiloé-Umhang über den Schultern, voller Sorge an, vielleicht fragte sie sich, ob bei mir eine Schraube locker war.

»Geh um nichts in der Welt nach draußen«, bat sie mich. »Hier hast du wenigstens ein Telefon und kannst dir was zu essen aufs Zimmer bestellen. Benutz das Telefon nur mit äußerster Vorsicht. Und denk daran, dass meine Mutter, María Eduvigis, deine Ex, eine zornige Mumie geworden ist und nichts von alldem weiß. Wenigstens«, fuhr sie fort, »kannst du dir die Bäume anschauen und den Vögelchen zuhören, abgesehen vom berühmten Orfeón. Das Frühjahr kommt dieses Jahr eher als sonst.«

»Ich würde mein Leben dafür geben«, erklärte ich, »hinunterzugehen und einen kompletten Hot Dog zu essen, mit allem, und dazu ein Helles. Einen Dinámico! So hießen sie zu meiner Stundentenzeit.«

»Auf keinen Fall!«, rief sie. »In dieser Zone wimmelt es nur so von Spitzeln.«

»Ich höre das Wort jetzt schon zum zweiten Mal«, sagte ich, »aber mich kennt doch keiner mehr. Wer soll sich noch an mich erinnern!«

»Und wenn Sie sich erinnern?«

»An einen Kulturjournalisten? ... Ich bitte dich!«

»Schon ... Aber manchmal hast du ein paar Seitenhiebe ausgeteilt. Und wie willst du deine unerlaubte Einreise erklären?«

Ich war sprachlos, mir waren die Argumente ausgegangen. In der Tat, wie sollte ich das erklären! Wenn ich es mir nicht einmal selbst erklären konnte und zugleich nicht wusste, warum ich es nicht bereute. Wenn ich die Maschine, das gelbe Wunderwerk der Technik, über den Bäumen gesehen hätte, ich schwöre, mein Herz wäre vor Freude gehüpft. Ich war abgehauen, um zu verschwinden, und zugleich hing ich an dieser Geschichte, diesem Trugbild fest, einem Trugbild, dessen phantastische Aussichten, wenn ich mich ihnen annäherte, wenn ich einen zweifelnden Finger auf sie legte, sich nicht auflösten. Die Kleidung mit den ausländischen Etiketten, die nach Druckfarbe riechenden Geldscheine, mit denen ich trotzdem ein Taxi, ein Zimmer, ein paar Bierchen bezahlen konnte, war das nicht der greifbare, wenn auch winzige Beweis, die Spitze des Eisbergs? Ich sah mich wieder in dem gepolsterten Sitz über eine Wolkenwiese gleiten, auf einer Schneise landen und die ersten Stufen eines unterirdischen Labyrinths hinuntergehen. Welche Faszination, welche Aufregung, und zugleich welche Angst, welche Beklemmung! Was für eine gefährliche Falle, und was für ein Leben, und jetzt, nach so kurzer Zeit, welche Sehnsucht!

Er schiebt die Papierserviette weg und kaut bedächtig den ersten Bissen, sorgfältig darauf achtend, dass das Sauerkraut, die Mayonnaise, der Senf und der Ketchup nicht auslaufen, und dann ebenso vorsichtig den zweiten und dann den dritten, und es ist trotz der Verschwörung so vieler Dinge dasselbe, der gleiche Geschmack und sogar das gleiche Gefühl, die wiedergewonnene Wollust hungriger Jugendjahre. Er denkt über den schrecklichen, verborgenen, aufgeschobenen Hunger nach, der seine Fangzähne in ihre Kehlen geschlagen hatte, in ihrer aller Kehlen, ohne von seiner Beute zu lassen, und der sich dann mit aufgerissenem Schlund auf einen Dinámico am Portal Fernández Concha stürzen konnte, eine barbarische Mischung für jemanden aus Europa so wie für ihn jetzt, aber was macht das schon!, wichtig ist nur, dass etwas all die Katastrophen überlebt hat, und dieses Etwas bedeutet letztendlich viel mehr, da alles verlorengeht und alles zugleich gerettet wird. Und er beißt ein viertes Mal begeistert ab und ein fünftes, und er stemmt inbrünstig wie einen Kelch während der Messe, seiner eigenen Messe, die nicht gerade, murmelt er lächelnd, eine schwarze Messe war, den Krug mit dem hellen, kalten Bier. Man neigt dazu zu glauben, denkt er, man habe sich verändert, weil alles, sogar die Dunkelheit der Nacht, die Gesichter, die gedämpften Stimmen sich verschwören, um einen das glauben zu machen, und doch ist da eine hartnäckige Beständigkeit, obwohl Chico Fuenzalida sein hysterisches Rattenlachen nicht mehr lacht und obwohl Ilabaca el Guantón, Pereda el Incandescente und der Negro und der Turco und der weltläufige Tigre und wie sie alle hießen nicht mehr mit von der Partie sind, im Gegenteil, sie sind weit weg oder gar unter der Erde. Prost!, murmelt er und hebt wieder den Krug, und ihm fällt ein, dass er keine Aufmerksamkeit erregen darf, obwohl ihn in Wahrheit niemand auch nur im Geringsten beachtet. Die Leute essen, rülpsen, gähnen, streifen die Gegenstände mit einem undurchsichtigen Blick, und in der Ferne, hinter der Kathedrale oder im Bereich der Calle Puente, des Bahnhofs Mapocho, ist das Heulen einer Sirene zu hören, von zwei Sirenen, mit Sicherheit typisch für die Nacht, für sonntägliche Unfälle am Abend, im September, Unfälle, die es zu seiner Zeit nicht gab und die jetzt bestimmt andere Dimensionen angenommen hatten.

Er kommt aus der Caféteria Bahamondes, die auch immer noch die gleiche ist wie in alten Zeiten, trotz einiger Schilder aus scheußlichem orangefarbenem Kunststoff, und der kleine Hund läuft in der Menge mit, knurrend, die Rubinaugen starr auf ihn gerichtet, und er hängt sich noch beharrlicher an seine Waden als vorhin. Vor dem Aufzug schüttelt er die Beine, um das Tier loszuwerden, er gibt ihm mit erstickter Stimme strenge Befehle und spürt die scharfe Spitze eines Fangzahns in einer Wade. Scheißköter! Er hat ihm ein Loch in die neue Hose gebissen und ihm einen Tropfen Blut abgezapft. Er schien den Anweisungen eines fernen Herrchens zu folgen. Es fehlte nur noch, dass er ihn mit Tollwut oder der Pest angesteckt hat.

Im Zwischenstock sagt der Portier, der immer noch an seinem Platz war, noch schuppiger und fettiger und schlechter rasiert, zu ihm:

»Da war gerade ein Anruf für Sie.«
»Für mich!«
»Ja. Für Sie.«

Als er die Tür zu seinem Zimmer aufstößt, klingelt das Telefon wieder. Als er den Hörer abnimmt, glaubt er, dass seine Tochter ihn tadeln wird, weil er das Zimmer verlassen hat. Er will dem Thema eine witzige Wendung geben, ihr von seiner Erfahrung erzählen, nach einer Ewigkeit wieder einen Dinámico am Portal Fernández Concha zu sich genommen zu haben, dass er es genossen und er sich dabei an Szenen von früher erinnert hat, und dann auf einmal als unerwartete Strafe für seine Neugier oder seine Fresssucht der Angriff eines Mistköters, der am Portal herumstreunte und offensichtlich, er weiß nicht, aufgrund welchen Fluchs, zu seinem bösen Schatten geworden ist. Das will er sagen, aber in Asuntas Stimme schwingt ein anderer, unvorhersehbarer Ernst mit.

»Weißt du es schon?«
»Was?«

»Hast du nicht ferngesehen?«
»Nein.«
»Wo hast du denn gesteckt?«
»Ich bin einen Moment runter zum Portal.«
»Nur zum Portal?«
»Nur zum Portal! Aber sag, was ist los?«
»Es gab ein Attentat.«
»Ein Attentat!«
»Auf den Alten.«
»Auf den Alten. Und?«
»Er ist um Haaresbreite davongekommen! Er war gerade im Fernsehen und hat von dem Attentat berichtet...«

In Bruchteilen von Sekunden wägt er im Stillen die Folgen ab, während sein Herz rast wie wild. Asunta am anderen Ende schweigt ebenfalls. Wenn man ihm wieder ein Glas Bier ins Gesicht gekippt hätte, Bier mit Speichel, hätte man ihn nicht so brutal aus seiner Trägheit gerissen.

»Ich rufe von einer Telefonzelle aus an«, sagt sie nach einer Weile.

»Und was glaubst du, wird jetzt geschehen?«, fragt er.

Er bekommt plötzlich keine Luft mehr, obwohl das Fenster offen ist und eine winterkalte Brise hereinweht.

»Stell dir das vor! Die Regierung hält gerade eine Kabinettssitzung ab. Sie werden jeden Moment den Ausnahmezustand verhängen.«

»Ob sie das vielleicht alles erfunden haben?«, murmelt Faustino, macht den Kragenknopf seines Hemdes auf und fährt sich mit der Hand übers Gesicht. Er spürt, dass er weiß geworden ist wie ein Blatt Papier. Nicht nur Asuntas Information ist eine Erfindung, sondern alles. Die Plaza de Armas, die ganze Stadt mit ihren Sirenen, ihren Rufen. Und er denkt an den Vertrag, den er schon in den Fingern hatte und der ihm durch die Lappen gegangen ist, allein wegen seines Willens, oder besser gesagt, wegen seines Mangels an Willen, wegen seiner Feigheit. Ob der undurchschaubare Apolinario all das vorhergesehen hatte? Oder provozierte er erst das Chaos und stellte dann, wie ein perfekter Roboter, denn er war ein Roboter aus Fleisch und Blut, für den jeweiligen Menschen höchste Perfektion her?

»Und was hätten wir davon, wenn es eine Erfindung wäre? Die Folgen für uns sind die gleichen oder sogar noch schlimmer. Außerdem sah man, dass das ganze Auto von Schüssen durchsiebt war. Diese Kugeln waren keine Erfindung.«

Sie legt auf, und er, Faustino Joaquín, hat das Gefühl, seine Einsamkeit in diesem stinkenden Zimmer mit dem von Ratten zerfressenen Holzboden sei noch schlimmer, extremer geworden. Er stellte sich vor, wie Vermummte die Tür eintreten, auch wenn sie vielleicht gar nicht vermummt sind, weil sie das gar nicht nötig haben, und er stellt sich gleich danach den Glanz der Klingen vor, die Messerspitzen. Die Fangzähne des kleinen Hundes sind eine Vorwarnung gewesen. Und jetzt gibt es noch eine weitere Komplikation, denn dieses Zimmer ist viel tiefer gelegen. Wenn er aus dem Fenster springt, bleibt er strampelnd in den Bäumen hängen, wie eine Vogelscheuche.

Er hört Schüsse in der Nacht, Richtung Westen und Richtung Norden, vielleicht dort drüben bei den Flussufern und den Vierteln auf der anderen Seite. Die Plaza de Armas hingegen ist völlig menschenleer, erleuchtet von zahlreichen Straßenlaternen, wie eine verlassene Opernbühne. Was mag Asunta gerade tun? Es sieht so aus, als fielen Tropfen aus den hohen Ästen und den dichten, nahen Wolken, Kondenswasser der Nacht, und an der Fassade der Kathedrale, oben, zwischen dem Nebel, den Zweigen, den schüchternen Knospen des verfrühten Frühlings, klagt vergeblich ein Engel, ohne dass jemand seine Klage auf Erden oder im Himmel vernimmt.

Am nächsten Tag erfuhr ich, dass man mir einen Pass beschaffen würde, aber ich selbst müsse mein Zimmer verlassen und ins Zentrum gehen, um ein Foto machen zu lassen. Anders ginge es nicht. Und es sei besser, sagte man mir, wenn ich ein wenig wartete und zwei oder drei Tage mein Zimmer nicht verließe, eine Warnung, über sich streiten lässt, da der Portier das Gespräch abhören könnte, und außerdem könnte die Tatsache, dass ich nicht hinausging, an sich schon verdächtig sein. Dass ich am Sonntagabend hinuntergegangen war, um einen Dinámico zu essen, war das beste taktische Manöver in all diesen Stunden gewesen!

Ich hörte also nicht auf die Warnungen und ging hinunter, vergewisserte mich, dass der verfluchte Hund mit den Fangzähnen nirgends zu sehen war, als hätte er mit dem Biss sein Ziel erreicht, und kaufte Zeitungen, ließ mir am Eingang zu einer Einkaufspassage die Schuhe putzen, tauchte dabei mit dem Kopf in die Zeitung und ging wieder hinauf in mein Zimmer.

»Hat niemand angerufen?«, fragte ich den Portier.

Der Portier sah jetzt aus, als hätte er drei Tage nicht geschlafen. Ich sah, dass er eine blaue Uniform mit den Initialen des Hotels in einem ausgefransten, aufgestickten Monogramm trug. Unter der Jacke trug er ein zerknittertes, vor Dreck starrendes Hemd und ein am Körper klebendes Unterhemd.

»Niemand, Señor«, antwortete er.

Am Dienstag rief ich ein paar Mal Asuntas Nummer an, und immer war eine brüchige, raue Stimme zu hören, bei der ich anfangs nicht wusste, ob sie einer Frau oder einem Mann gehört. Ich vermutete, die Stimme von María Eduvigis, meiner Exfrau, habe sich in dieses Röcheln verwandelt. Ich legte deprimiert auf, ohne eine Silbe zu sagen, und ich stellte mir vor, dass der Portier mit seinem Viertagebart und spärlichen schuppigen Haar sich in einem Zimmer am Ende des Flures einschloss, die Kopfhörer vor einem Schaltbrett voller Kabel und Stecker aufsetzte und alles überwachte. Um sechs, als ich die Ungewissheit nicht länger ertragen konnte, band ich meine nagelneue Krawatte aus italienischer Seide um, kämmte mich und sagte mir, der Abdruck des Hundebisses an meiner Wade sei kaum noch zu erkennen, und machte mich auf die Suche nach einem Fotoladen. Ich vermied es, in die Gesichter zu sehen, ich schaute aufmerksam auf den Boden oder auf Höhe des Bodens in die Schaufenster. Meine Augen betrachteten eine Landschaft aus abgenutzten Schuhen und Pflastersteinen voller Risse. Ich entdeckte ein kleines Geschäft in dem man Ausweis- und Passfotos anfertigen lassen konnte, im Untergeschoss einer Einkaufspassage unter einer Geschäftsstraße mit einem Laden für Steine, Mineralien und präparierte Insekten. Die Tatsache, dass der Laden unter der Erde lag, beruhigte mich, es gefiel mir sogar, obwohl es viel schwieriger gewesen wäre, bei einem Angriff zu fliehen. Mir gefallen vermutlich versteckte Orte, die an das Eingeschlossensein im Mutterschoß erinnern. Deshalb gefällt mir auch, trotz allem, meine Bude in Berlin, und deshalb übte Apolinarios Maschine so eine Anziehungskraft auf mich aus. Die Bude stand für Schutz, Ordnung, mit der unvermeidlichen Dosis an Langeweile, die Maschine hingegen war eine schwindelerregende Plazenta, wie der Wal des Jonas, und sie konnte mich überall hinbringen.

»Wie lautet Ihre Ausweisnummer?«, fragte mich die Angestellte, eine Frau mit graumeliertem Haar und aschfahler

Haut, die sich die Lippenkonturen violett nachzog, in der Hand eine Tafel hielt und Anstalten machte, in eine Kiste voller Buchstaben und Zahlen zu greifen.

»Es geht nicht um ein Ausweisfoto«, erwiderte ich stotternd, als hätte ich in den letzten drei Tagen das Sprechen verlernt.

»Ich weiß. Aber die für den Pass haben auch die Nummer. Den Namen und die Nummer.«

Sie sagte das wie eine Grundschullehrerin mit geneigtem Kopf.

»Ah!«, rief ich voller Bedauern aus. »Ich habe den Ausweis nicht dabei.«

»Erinnern Sie sich an die Nummer?«

»Nein.«

»Seltsam!«, sagte die Angestellte. Sie hatte einen Hauch glänzenden Lidschattens in der Farbe des Lippenstiftes aufgetragen. »Das ist, als würde man sich nicht an die eigene Telefonnummer erinnern.«

»Ich werde anrufen, damit man sie mir durchgibt«, sagte ich und hatte dabei das Gefühl, dass dieses ständige Gestotter mich verriet.

»Sie können das Telefon hier benutzen, wenn Sie wollen«, bot sie an.

»Ich muss mehrere Telefonate tätigen«, antwortete ich und versuchte irgendwie, meine Verwirrung zu verbergen. »Ich komme gleich wieder.«

Ich verließ den Laden und sah, dass drei oder vier Kerle in orangefarbenen Overalls sorgfältig den Boden kehrten. Sie sahen mich verstohlen an, ohne die Köpfe zu heben, und ich war versucht, ihnen zu erklären, ich sei nicht von hier, lebte im Exil, befände mich nur auf der Durchreise. Wie viel Energie man auf ziellose Versuchungen, auf sinnlose Gefühle verschwendet.

Während der verfluchten Reise, dachte ich, war ich um tausend Jahre gealtert.

Es war kein sicheres Telefon in der Nähe des Geschäfts zu sehen, und so ging ich zu einem sehr bekannten Hotel, dessen abgetrennte, vor Eindringlingen sichere Kabinen, geeignet für Verschwörungen, fürs Fremdgehen, ich in prähistorischen Zeiten zu nutzen gelernt hatte. Die Dekoration aus Aluminium und anderen Metallen mit Szenen aus der Conquista, das dunkle Onyx, die dunklen Glasschirme in geraden oder runden, asymmetrischen Formen über den Wandlampen glänzten wie zu den besten Zeiten. Ich schaute in die Bar hinein, dieselbe wie seit jeher; um mich an das Halbdunkel zu gewöhnen, machte ich erst blinzelnd zwei, drei Schritte. Dann gewöhnten sich meine Augen daran, und ich erkannte entsetzt, denn ich war auf alles vorbereitet, auf jede Gefahr, nur nicht auf diese: den Rücken von Apolinario Canales. Da war keine Verwechslung möglich. Er stand da, spielte mit der Goldkette einer Taschenuhr, grauer Nadelstreifenanzug, beigefarbenes Seidenhemd, und unterhielt sich sehr angeregt mit einer heterogenen, kosmopolitischen Gruppe, in der ich die Leopardenfrau aus Berlin zu erkennen glaubte, die mir jetzt allerdings älter vorkam, ein wenig faltig, ohne den früheren katzenhaften Charme, sie sah jetzt eher aus wie eine Deutsche aus dem Süden Chiles, Besitzerin eines Bierausschanks oder Knopfgeschäfts. Auch das Mädchen war dabei, das Apolinario mir als Margarita de la Sierra vorgestellt hatte, sie sah hübsch aus, boshaft und strahlend, mit einer roten Lockenperücke.

»Treten Sie näher, Señor!«, sagte ein junger Kellner.

»Ich bin nur auf der Suche nach den Telefonen«, flüsterte ich und zog mich auf Zehenspitzen zurück, ohne den Rücken des anderen aus den Augen zu lassen.

»Die Telefone sind dort«, sagte der Kellner und zeigte auf eine Stelle weiter vorn, wo ich an Apolinario und seiner Gruppe vorbeigemusst hätte.

»Danke«, sagte ich, und es gelang mir, mich genau in dem Moment zu verstecken, in dem Apolinario, als hätte jemand seinen Namen gerufen, den Namen, der, wohlgemerkt!, nur in meinem Kopf da gewesen war, sich umdrehte und zum Eingang schaute.

Er hat mich nicht gesehen, sagte ich mir, und diese kleine Hure, die im Übrigen jede Nacht ein ganzes Defilee an Männern empfängt, war zu sehr mit anderen Dingen beschäftigt. Ich lief durch Gänge, an die ich mich erinnerte, auch wenn sie umgebaut worden waren, und ging durch das obere Ende eines dunklen Saales voller umgedrehter Stühle, wo man weiter hinten eine große Bühne und ein paar Fahnen sehen konnte. Das war neu, und ich dachte an gleichzeitig stattfindende, multiple Zeremonien, was mich seltsamerweise an den Ort meines Exils erinnerte.

Ich betrat eine der Kabinen, nahm den Hörer ab und wählte. Es kam mir seltsam vor, dass es so einfach ging: nur die Nummer wählen und fast in der gleichen Sekunde Asuntas Stimme zu hören.

»Ich habe auf deinen Anruf gewartet«, sagte sie leise. »Ich habe mir Sorgen gemacht.«

»Die Fotos für den Pass haben auch Namen und Nummer«, sagte ich. »Ich hatte keine Ahnung.«

»Warte einen Moment«, erwiderte sie.

Es war ein endlos langer Moment, und schließlich fragte Asunta, ob ich auflegen und in fünf Minuten wieder anrufen könne. Von der Kabine aus sah ich, während ich die Minuten zählte, Apolinario auf dem Weg zur Herrentoilette vorbeigehen. Er hatte die Hände in den Taschen, als würde er ohne Eile herumspazieren und sich umsehen, und ich presste mich an die Wand und verbarg mein Gesicht. Einer seiner Helfershelfer, der Mann mit dem Mittelscheitel zum Beispiel, der Cerberus vom Golfplatz und Verwalter des Club Alemán unten bei Puerto Montt, strich wahrscheinlich in der Nähe herum. Apolinario kam nach kurzer Zeit wieder heraus, und ich hatte den Eindruck, dass sich sein Blick aus einiger Entfernung auf mich in der Zelle geheftet hatte. Wenn Asunta das mit dem Pass nicht schaffte, bestand vielleicht noch die Option, diesen Pakt doch zu unterschreiben. Es sei denn, sie war für immer verloren. Es sei denn, Apolinario befindet sich jetzt, während er mit dieser unverschämten Miene den Gang entlang geht, auf der anderen Seite einer unsichtbaren Barriere, und meine Wirklichkeit auf dieser Seite besteht jetzt nur mehr aus diesem elenden Zimmer an der Plaza de Armas, diesem fettigen Portier, der Telefonkabine, in der ich mich gerade zu tarnen versuchte, der Aussicht auf einen gefälschten Pass, der es mir erlaubte, in mein Loch, in meine Bude, in meine Winter zurückzukehren. Trotzdem hatte ich einen trockenen Mund, und meine Finger auf der Wählscheibe zitterten.

»Hallo!«, sagte sie. »Schreib auf.«

»Gibt es keine Vorsichtsmaßnahmen?«

»Ich glaube nicht. Also meine Kontaktleute dachten, dass auf den Passfotos kein Name und keine Nummer stehen. Also vergewissere dich. Nicht, dass man versucht, dich reinzulegen.«

»Donnerwetter!«, rief ich aus, mehr fiel mir nicht ein.

Die aschgraue Angestellte mit den violetten Augen und Lippen nahm meinen Namen, also den Namen, den Asunta mir am Telefon diktiert hatte, Demetrio Aguilera Sáez, und die Nummer auf und wählte sorgfältig die Zeichen aus, die sie auf die schwarze Tafel setzen musste.

»Ich habe auf Sie gewartet«, sagte sie, »nicht, dass Sie umsonst ins Zentrum gefahren sind. Oder leben Sie im Zentrum? Wie Sie sehen«, fuhr sie fort, ohne meine Antwort abzuwarten, »sind die Teilzeitkräfte schon weg... Niemand vergisst seine Ausweisnummer. Sie sind der Erste, der mir untergekommen ist. Und, sagen Sie, Ihren Namen, vergessen Sie den auch?«

Ich sah sie an, und sie erwiderte meinen Blick, frech, vielleicht mit einem Funken Ironie. Ich strengte mich schnell an, mich an den Namen zu erinnern, den man für mich erfunden und den ich gerade vor der Angestellten wiederholt hatte, und dann, um noch sicherer zu gehen, las ich ihn auf der Tafel: Demetrio Aguilera Sáez. Das bin ich, sagte ich mir. Mein Vater hieß Demetrio, genau wie ich, oder vielleicht José Demetrio, und meine Mutter Emelina, Doña Emelina Sáez, geboren im erlauchten Talca. Ich bezahlte das Foto mit einem Lächeln, fast mit einem unverschämten Lachen, denn man kann sich nicht vierundzwanzig Stunden am Tag am Riemen reißen, ein Gedanke, der mir auch immer wieder durch den Kopf schießt, wenn ich in Berlin bin, jenseits der Mauer, und ich machte mich auf den Rückweg zu meinem schäbigen Hotel an der Plaza de Armas. In großen roten Buchstaben stand in den Schlagzeilen einer Abendzeitung, dass ein linker Journalist von einer Gruppe von Unbekannten aus seiner Wohnung geholt und ermordet worden war. Ich hielt am Kiosk an und merkte, dass meine Hände beim Bezahlen gewaltig zitterten. Mich haben sie längst vergessen, sagte ich mir. Ich habe mit all dem nichts zu tun. Ich ging weiter meines Weges und bemerkte, dass Polizeifahrzeuge und Polizisten mit Maschinengewehren, Helmen, und Instrumenten zum Verschießen von Tränengasbomben an jeder Ecke postiert waren. Die Leute eilten durch den kalten Abend, die Hände in den Taschen und den Blick gesenkt, als würden sie die Schritte zählen, um nirgendwohin zu kommen. Ich ging noch schneller und fragte mich, ob man mich verfolgte oder nicht, aber ohne es zu wagen, mich umzudrehen, die Abendzeitung von der schwitzenden Hand umklammert. Zum Glück war der kleine Hund mit den Rubinaugen weit weg.

Ich wartete nicht erst auf den Aufzug und nahm die Treppe, schloss meine Zimmertür ab. Mit verschleiertem Blick las ich die Nachrichten. Mein Herz pochte vor Wut. Mal sehen, ob ich das überlebe, dachte ich. Mal sehen ... Nach einer Weile wählte ich Asuntas Nummer.

»Alles klar!«, sagte ich, kaum dass ich ihre Stimme hörte.

»Morgen bringe ich dir alles«, antwortete sie. »Ich habe Wechsel und Schecks unterschreiben müssen, um dein Ticket zu kaufen. Wenn du mir das Geld nicht zurückgibst, wandere ich in den Knast.«

»Keine Sorge«, erwiderte ich, und vor meinem geistigen Auge zeichneten sich mit ungewohnter Kraft die nach Druckfarbe riechenden Geldscheine ab und die Seiten einer Originalurkunde, die ich nicht zu Gesicht bekommen hatte, die im Nebenraum vorbereitet wurde, in einer perfekten, gedrängten Schrift, obwohl jetzt alle Verträge auf Computern erstellt wurden. Der Ihrige ist eine Ausnahme, hatte die hübsche, bebrillte Sekretärin gesagt, und da hatte ich das Arzneikästchen gesehen und mich gefragt, ob das ein Scherz von Apolinario sei oder ob ich mit Blut unterschreiben müsse ...

In jener Nacht litt ich unter Schlaflosigkeit. Stimmen im Nachbarzimmer, glucksende Rohrleitungen, durch die Wände gedämpftes Telefonklingeln. So gegen zwei Uhr morgens hörte ich Schritte und ein kurzes Klopfen an verschiedenen Türen. Die Schritte, unter denen die Dielen im Flur knarrten, hielten vor meiner Tür. Es wurde ein paar Mal kurz und kräftig gegen die Tür geklopft. Mein Stündlein hat geschlagen, sagte ich mir und stand auf. Ich öffnete die Tür. Es waren drei Soldaten in Felduniform, mit zickzackförmig bemalten Gesichtern, die ihre Gewehre auf mich gerichtet hielten.

»Ihren Ausweis, bitte.«

»Einen Moment.«

Ich suchte in meinem leeren Koffer zwischen den Papieren, wohlwissend, dass dort nichts war. Es ist vorbei, sagte ich mir. Nach einer Weile schob ich die Hand in die Tasche meines Jacketts, das über einem Stuhl hing, und holte meinen ostdeutschen Ausweis heraus.

»Im Moment habe ich nur den hier ... Ich habe den Pass abgegeben, damit man mir ein paar Visastempel draufsetzt, ich bekomme ihn morgen früh zurück. Wenn Sie so gegen Mittag noch einmal vorbeischauen wollen ...«

Sie sahen sich den Pass von allen Seiten an, ohne ein Wort zu verstehen.

»Der ist auf Deutsch«, sagte ich, und sie schienen zu nicken. Wahrscheinlich wussten sie nicht einmal, dass es zwei deutsche Staaten gab.

»Danke, Señor«, sagten sie schließlich.

»Gibt es irgendetwas Besonderes?«, fragte ich.

»Nein, Señor. Nur eine Routineüberprüfung.«

Es hätte nicht mehr viel gefehlt, und sie hätten mich um Entschuldigung gebeten. Wegen ein paar Gesichter, die ich beim Hinaufgehen der Treppe an der Rezeption gesehen hatte, und der Stimmen aus einigen Zimmern kam mir später der Verdacht, dass sich irgendein ranghoher Geheimpolizist im Hotel einquartiert hatte. Vielleicht wegen des Attentats. Vielleicht. In dem Fall würde ich in dieser Nacht Wand an Wand mit der leibhaftigen Staatssicherheit schlafen, sicherer denn je! Ich glitt mit einer Gemütsruhe zwischen meine Laken, wie ich sie schon seit langem nicht mehr erlebt hatte, und mit einem Lächeln, das, so stellte ich mir vor, dem von Apolinario Canales, dem Unbeschreiblichen, ähnelte.

Anfangs erkannte ich ihn nicht, denn er hatte sich die Haare schneiden lassen und eine Krawatte umgebunden, aber es war derselbe junge Mann, der mir am Samstagmorgen die Lebensmittel gebracht hatte. Er verschwand mit dem Foto und kehrte genau eine Stunde später mit dem Pass zurück.

»Sie sind von jetzt an Demetrio Aguilera Sáez, Rechtsanwalt«, sagte er.

»Rechtsanwalt?«

»Ja«, sagte der junge Mann. »Das ist eine gute Tarnung. Rechtsanwälte gibt es wie Sand am Meer ... Haben Sie nicht sogar Jura studiert?«

»Ja, habe ich. Aber ich habe alles vergessen. Wird man mir keine Fragen stellen?«

»Wenn man Ihnen Fragen stellt, beantworten Sie sie. Erfinden Sie irgendwas. Oder sagen Sie, Sie üben den Beruf nicht mehr aus ...«

Ich kratzte mich am Scheitel.

»Dieser Koffer ist als einziges Gepäckstück für eine so lange Reise ein wenig verdächtig«, sagte ich.

»Das ist vorbereitet«, sagte der junge Mann, der, wie man sehen konnte, viel mehr als ein einfacher Bote war. »Lassen Sie uns gehen.«

Obwohl ich im Voraus bezahlt hatte, ging ich zum Empfang, um mich von dem Portier zu verabschieden. Ein Piedrabuena aus Talca bis zum Ende! Überrascht zog der Portier eine blasse Hand aus seinen zweifelhaften Taschen und drückte meine, die ich ihm hingestreckt hatte.

»Schon gut«, murmelte der junge Mann. »Höflichkeit und Stolz schließen sich nicht aus.«

Soldaten mit Maschinengewehren standen zwischen den Säulen des Portals. Die Passanten, die Bettler, die Straßenkinder, die fetten hässlichen Huren, die Verkäufer von Haarklammern, Schnürsenkeln, Informationsbroschüren über Renten und Pensionen und Versorgungskassen waren die gleichen; dasselbe Chaos, dasselbe Hin und Her und der altbekannte Dreck. Der kleine Hund mit den glühenden Rubinaugen stöberte in einer kaputten Abfalltüte herum. Wir ließen all das unerschrocken hinter uns. Wir gingen die sich schlängelnden Wege an der Plaza de Armas entlang, inmitten von Schuhputzern, Rentnern und dem penetranten Geruch nach frisch geschnittenem Gras und Jasminduft, und begaben uns direkt zum Bahnhof Mapocho. Die Straße war voll von frei laufenden Hunden, aber keiner zeigte Interesse, an meiner Hose schnüffeln zu wollen. In einer Seitenstraße, in der Nähe des Marktes, bei einem Laden, wo man früher, so erinnerte ich mich, den rhythmischen Schlag eines Stocks gegen ein Schaufenster hörte, im Takt zu *Wo der kleine Affe trommelt*, stiegen wir in einen klapprigen Fiat.

»Ihr Koffer mit ein paar Klamotten ist hinten drin«, erklärte der junge Mann.

Asunta wartete in einer Caféteria im unteren Teil der Alameda auf uns, ein stinkendes, finsteres Lokal, wo die Seelen litten. Das einzige Gericht auf der Karte war ein steinharter Käse, der vor Traurigkeit schwitzte, und lauwarmes Pils, denn das Kühlsystem, so erklärte uns die Angestellte, während sie sich die Hände an der Schürze trocken rieb, sei kaputt. Ich hätte mich von dem Land, für wie viele Jahre nur?, vielleicht für immer?, mit einem Puteneintopf mit Grieß, mit einem scharf gewürzten Rippchen verabschiedet, aber ich musste mich mit diesem faden Bier begnügen. Außerdem hatten wir nur fünfzehn Minuten. Asunta und der junge Mann erklärten mir, es sei in diesen Tagen äußerst leichtsinnig, wenn sie mich bis zum Flughafen begleitete. Es werde alles zu sehr überwacht.

Ich dachte an all die Feuerproben, die mir noch bevorstanden. Sogar meine Kleidung hatte ihr tadelloses Aussehen eingebüßt. Jetzt sah sie eher aus wie die dunkle Uniform eines Angestellten niederen Ranges, der vierundzwanzig Stunden am Stück arbeitet und noch dazu von einem Höllenhund ins Hosenbein gebissen worden war.

»Sehen wir uns wieder?«, fragte ich voller Angst, und sie sagte mit ihrem intensiven Blick, man müsse immer optimistisch sein.

»Jetzt verlier nicht den Mut«, fügte sie hinzu. »Das Schlimmste haben wir hinter uns.«

»Wo hängst du da nur mit drin, Asuntita?«, fragte ich, die Frage hatte mir die ganze Zeit auf der Zunge gelegen, seit dem Gespräch in dieser Wild-West-Kneipe, die mit den Cowboys, aber ich traute mich erst jetzt, sie zu stellen. Schließlich hatte ich ein Recht, es zu erfahren, sie war das Einzige, das mir auf dieser Welt geblieben war, und ich tätschelte sie nervös am Arm, versuchte mich zu erinnern, wie sie als Kind gewesen war, als wir noch unter einem Dach lebten, in Jahren, die jetzt erfunden schienen.

»Ich habe dich nichts gefragt«, sagte Asunta.

»Ja, das stimmt«, murmelte ich nachdenklich. »Aber weißt du, ich hänge in gar nichts drin. Ich bin hier rein zufällig gelandet. Auch wenn du das nicht glaubst! Und wenn ich dir in allen Einzelheiten erzählen würde, wie ich hierher gekommen bin, würdest du sagen, bei dem sind die Sicherungen durchgebrannt, der tickt nicht mehr richtig im Oberstübchen.«

Asunta und der junge Mann sahen sich an. Sie dachte zweifellos, dass die Mission, die mich hierher geführt hatte, ohne irgendwelche Papiere, allen möglichen Gefahren ausgesetzt, könne so harmlos nicht sein. Niemand reiste mir nichts dir nichts und dann noch heimlich aus Ostberlin aus. Zwischen meiner Anwesenheit und dieser Offensive an allen Fronten – die versteckten Arsenale, das Attentat – schien offenkundig eine Verbindung zu bestehen. Sie hatten also einen Held vor sich, trotz seines runden Gesichts und seines gutmütigen, fast schon dümmlichen Aussehens. Und wenn sie irgendwo mit drinhingen und keine Fragen stellten, weil sie Anweisung hatten, mir bei der Ausreise zu helfen und nichts weiter zu fragen? Was für ein Durcheinander!, dachte ich, und sie, deren Gedanken in eine ganz andere Richtung gingen, sagte:

»Wichtig ist, dass er stürzt, Papi.«

»Ja, mein Kind, aber wann?«

»Es dauert nicht mehr lange«, versicherte sie mir mit blitzenden Augen.

Ich sah sie mit vor Staunen offenem Mund an. Wo kam dieses Feuer, diese Wildheit her? Asunta erriet meinen Gedanken und sagte, von den Piedrabuenas aus Talca habe sie das nicht, niemals. Die stünden für nichts, was nicht grundsätzlich abgeschmackt, kümmerlich, provinziell war. Sie vertraue deshalb darauf, dass ich in Chile eine bedeutende Mission erfüllt hatte, und so baute ich mich selbst auf und überwand meine dörfliche, kleinbürgerliche Beschränktheit. Wenn sie schiefgegangen war, sei das nicht so wichtig...

»Erzähl mir nichts davon!«, rief sie aus. »Ich bin sehr zufrieden. Deinetwegen. Auch wenn der Schuss diesmal nach hinten losgegangen ist.«

Wieder öffnete ich perplex den Mund. Ich war kurz davor, die Arme hochzureißen und meine Unschuld zu beteuern. Ich sah sie an, und meine Unfähigkeit, sie beruhigen zu können, diesen Eifer zu kühlen, der sie so teuer zu stehen kommen konnte, brachte mich zur Verzweiflung. Sie war das Ergebnis der Zeit, in der sie lebte, des Fiebers, der Brutalität, und ich sah das alles von oben oder von der Seite, von Apolinarios unglaublicher Maschine oder von meinem ebenso unglaublichen Loch in Berlin aus. Wenn sie mich erwischten und mich opferten, würde ich irrtümlich geopfert. Weil ich ausgezogen war, um in Begleitung eines Kerls die Welt zu erforschen, von dem ich nicht wusste, wo er hergekommen war, und der alle Arten von Verlockungen und Tricks anwandte, anstatt in meiner Bude zu bleiben und Karten zu spielen.

Meine Tochter hingegen, so unglaublich das sein mag, steckte vielleicht bis über beide Ohren in echten Missionen und war bereit zu sterben. Ich fragte mich, ob es gut war, dass jemand bereit war zu sterben, ob das Heldentum berechtigt war. Ich hatte den Eindruck, die Gestalt von dem ersten Gespräch, diejenige aus dem Haus in der Nähe eines Hafens im Norden, dieses Alter Ego von Apolinario Canales, hatte das Heldentum auf eine prächtige Plattform gestellt, beleuchtet von allen möglichen Scheinwerfern, und hatte dann mit einem Taschenspielertrick die Plattform weggezogen und das Heldentum in der Leere stehen lassen. Erst mit verbundenen Augen vorwärtsgehen. Dann zwei Schritte vor und vier zurück. Und eine Verbeugung für das Publikum. Das distinguierte Publikum. Wer war diese Gestalt? Oder wer war, besser gesagt, Apolinario Canales, der wandlungsfähige Apolinario Canales?

Der junge Mann stand auf.

»Es ist Zeit«, sagte er.

Asunta schlang die Arme um meinen Hals und drückte mich voller Leidenschaft.

»Viel Glück, Papa!«, sagte sie so eindringlich, dass es mir wieder hätte Angst machen sollen. Aber anstatt Angst machte sich Überraschung, Resignation breit. Ich fühlte, dass ich sie zärtlich liebte, in all ihrer Leichtsinnigkeit, und dass sie, sie alle, Hampelmänner, Opfer waren, und es war dumm von mir gewesen, dass ich diese verdammte Urkunde nicht unterschrieben hatte, die mir eine Parzelle Macht verliehen hätte, diese so abstrakte und zugleich so wichtige Parzelle, vor der ich so viel Angst hatte. Sie einfach unterschreiben, ohne sie so eingehend zu studieren, und ins kalte Wasser springen!

Mit Maschinenpistolen bewaffnet und getarnt mit schwarzen Streifen im Gesicht und Zweigen am Helm, zwangen uns die Soldaten aus dem Fiat auszusteigen und die Hände auf das Dach zu legen, die Beine gespreizt. Sie untersuchten uns gründlich, vom Hals bis zu den Schuhen. Dann befahlen sie uns, den Kofferraum zu öffnen. Den Koffer, sagten sie. Ich dachte: Was für einen Mist haben sie mir wohl in den Koffer gepackt? Und gleich danach: Wenn sie nicht gleich das Fluchtgesetz anwenden, kann ich beweisen, dass ich am Tag des Attentats in jenem Zimmer eingeschlossen und nur eine Viertelstunde zum Portal hinuntergegangen war, um einen Hot Dog zu essen. Einen Hot Dog! Chico hatte Recht: Der Bauch ist mein Verderben.

Einer der Soldaten hob mit der Spitze der Maschinenpistole einen abgerissenen, löchrigen Pullover in einem undefinierbaren Grün heraus. Mit dem Gepäck nach Europa reisen!, schien er auszurufen. Wie primitiv! Sie ließen uns sofort weiterfahren. Ohne noch ein Wort zu verlieren. Es lohnte nicht, seinen Speichel auf solch erbärmliche Reisende zu verwenden.

»Sie suchen nur Waffen«, erklärte der junge Mann. »Von Dokumenten haben sie keinen blassen Schimmer. Und weil der Inhalt des Koffers nicht sonderlich interessant war…«

Am Flughafen hingegen war die Situation in den Polizeikabinen vor den Gates anders. Die Beamten waren gehalten, die Pässe mit größter Aufmerksamkeit zu studieren und zu stempeln. Dort ging man durch die Feuerprobe.

»Alles Gute, Don Demetrio«, sagte der junge Mann, und ich, Faustino Joaquín Piedrabuena Ramírez, also Demetrio Aguilera Sáez, umarmte ihn gerührt.

Der Beamte schaute sich den Pass genau an und hob kurz den Blick, um das Foto zu vergleichen. Dann las er weiter. Es war ein Mann mit rundem Gesicht und kräftigem schwarzem Haar, den ich schon einmal gesehen zu haben glaubte. Er trug eine Brille mit dicken rechteckigen Gläsern, randlos, und an der rechten Hand hatte er einen ebenfalls rechteckigen, granatfarbenen Ring, der, dachte ich, der Augenfarbe dieses Hundes ähnlich sah.

Ich bin aufgeflogen, sagte ich mir, und schaute nach allen Seiten, und das Seltsame war, dass ich dieses Gesicht erst vor ein paar Tagen gesehen hatte. War es auf dem Notariat gewesen? Hatte er dort schweigend an dem einen Ende des Tisches gesessen und eine Kopie der Urkunde studiert, während man Apolinarios Stimme aus dem Nebenraum hörte? Oder war es woanders gewesen? Hatte Apolinario ein Interesse daran, dass ich das Land verließ, ohne polizeiliche Spuren zu hinterlassen, so wie ich hineingekommen war? Der Beamte schrieb jetzt ein paar Zahlen und ein paar Zeichen auf die Bordkarte. Er nahm einen ungewöhnlich großen Stempel und drückte ihn demonstrativ in meinen Pass. Dann reichte er mir den Pass über den Tisch mit einem Lächeln, das mir – oder waren das nur meine Vorstellungen, alberne Hirngespinste, ausgelöst von dieser abstrusen Spazierfahrt? – unterschwellig leicht komplizenhaft vorkam.

Am Gate fragte ich an einem Schalter, auf dem ›Wechselstube‹ stand, ob ich mit chilenischer Währung Deutsche Mark kaufen könne.

»Darf ich Ihren Ausweis sehen?«, sagte der Angestellte. Was für ein Irrsinn, ein weiteres Risiko einzugehen, dachte ich, und das für ein paar Mark. Was hätte Chico Fuenzalida gesagt! Der Angestellte schaute sich die neuen Geldscheine mit verächtlicher Miene genau an, und versetzte ihnen ein paar Stüber. Er schrieb etwas auf das Ticket und gab es mir zusammen mit dem Pass zurück. Danach legte er drei oder vier deutsche Scheine auf die Theke.

Als zum Boarding aufgerufen wurde und ich, bevor ich durch die Glastür ging, meine Bordkarte übergab, während ich die Treppe zu dem Jumbo-Jet hinaufstieg, dessen riesige Nase gerade von einer sanften Sonne gestreichelt wurde, und mich innerlich von der staubigen Stadt mit ihrer dumpfen Geräuschkulisse verabschiedete, war ich bereits vollkommen ruhig. Ich nahm meinen Sitz im großen Bereich der Touristenklasse ein, legte den Sicherheitsgurt an, und dann fiel der Groschen, wie man bei uns gemeinhin sagt. Das gefärbte Haar des Stewards, das von der Stirn her verdammt kräftig spross (meines war bereits deutlich weniger geworden), hatte einen Mittelscheitel! Ich strich mir verblüfft übers Kinn und schaute meine Sitznachbarn an, dachte, dass ich im Gegensatz zu ihnen mit einem geheimen Bann belegt war und den fernen Reflex einer verborgenen Macht empfing. Wenn sie das nicht merkten, um so schlimmer für sie. Das Seltsame ist, dass die Vorstellung, mein ehemaliger Reisegefährte habe mich nicht ganz verlassen, wider alle Logik in mir ein angenehmes Gefühl hervorrief. Als wäre ich in guten Händen, auch wenn ich nur zu gut wusste, um welche Hände es sich handelte...

Die Triebwerke des Jumbos starteten, und dieses angenehme Gefühl bekam etwas Wollüstiges. Als die riesige, schwere Maschine, die so anders war als der grandiose Käfer, mit dem ich den Hinflug gemacht hatte, die Hälfte der prächtig mit Schnee bedeckten Anden mit ihren spitzen Gipfeln, ihren Schluchten, den zugefrorenen Seen, den erstaunlichen Freiflächen, überquert hatte, nahm ich mir die Freiheit, den Sicherheitsgurt abzulegen und eine Runde durch den Gang zu drehen, voller Euphorie mit mir selbst sprechend. Eine bildschöne Stewardess mit dem Auftreten eines Polizeisergeants erinnerte mich in schlechtem Spanisch streng daran, dass die Anzeigetafeln daran erinnerten, die Sicherheitsgurte angelegt zu lassen. Ich verspürte ein irres Verlangen, sie trotz ihres gereizten Gesichtsausdrucks zu umarmen und ihr einen schmatzenden Kuss zu geben. Ich kehrte laut lachend an meinen Platz zurück, unter dem überraschten Blick einer Nonne im grauen Ordenskleid, die direkt neben mir saß, und legte den Sicherheitsgurt wieder an, obwohl ich mir heftig wünschte, wie ein Verrückter herumzuspringen und aus vollem Hals zu singen.

Bei der Ankunft auf dem Flughafen Tegel in Westberlin, nach endlos langen Flugstunden, Zwischenstopps in Buenos Aires, São Paulo, Rio de Janeiro und Frankfurt, Fußtritten, Stößen, schwierigen Gängen zu immer dreckigeren Toiletten, gleichförmigem Essen auf Plastiktabletts, war das anfängliche Gefühl von Freiheit, von Erleichterung immer noch genauso frisch da, allerdings gepaart mit einer erdrückenden Müdigkeit, die meine Lider in Steine, in Bleiplatten verwandelte. Ich hatte kein Problem, mit meinem sehr leichten Koffer, der einen durchlöcherten Pullover, ein altes Unterhemd und ein paar Strümpfe enthielt, zu einem der Tore nach drüben zu gelangen, zu demselben, durch das ich den Osten wer weiß wann verlassen hatte. Ich fragte mich, ob die Inschrift, die prophetische Inschrift von Dante Alighieri, sich nicht eher über der Schwelle zu diesen Gefilden befinden müsste, und ich sagte mir, dieser subversive, reaktionäre Gedanke hatte mit Sicherheit mit der unerklärlichen Abenteuerreise zu tun, die ich gerade unternommen hatte. In Wahrheit war ich bis an den Weltenrand gelangt auf dieser seltsamen Fahrt mit infernalischen Orten, und vielleicht hatte ich, ohne es zu merken, die Grenzen überschritten. Ich hatte in diesem Fall Glück gehabt, mit ein paar angesengten Haaren davongekommen zu sein. Nur dass diese Vorzimmer zur Hölle Geheimnisse, Reize, unerschöpfliche Überraschungen bargen und dass mich jetzt wieder der ermüdende Alltag erwartete. Ich bereue meinen kleinen Ausflug nicht, sagte ich mir, ich werde ihn nie bereuen, in dem Moment, als sich für meinen Vordermann die Grenze öffnete, eine grau gestrichene Eisentür, und ich an der Reihe war.

Nachdem sie meine Papiere als Flüchtling in der Deutschen Demokratischen Republik durchgesehen hatte, diskutierte die gut geschützte Frau in Uniform hinter dem Schalterfenster lange mit einem ebenfalls uniformierten jungen Mann, der auf einem höheren Hocker saß, halb verborgen für das Publikum, so dass man manchmal einen Teil seines Gesichtes sehen konnte und dann wieder nur seine spitzen Knie, seine Stiefel, seine breiten, langen, roten Hände. Es sah so aus, als ob die Worte der Frau hoch oben auf dem Hocker nicht gut verstanden wurden und dass sie alles noch einmal detaillierter erklärte, von Anfang an, mit Wiederholung, immer wieder zum Ausgangspunkt zurückkehrend. Da kam der junge Mann aus seinem Häuschen und bat mich, ihn in ein Nebenzimmer zu begleiten. Er sagte, sie könnten nicht wegen mir die ganze Schlange warten lassen. Mich trifft doch keine Schuld, wollte ich erwidern, mir der theologischen Dimension des Problems bewusst, aber ich hielt mich zurück, setzte eine unbeteiligte Miene auf und dachte in so einer Art zweiten Reflexion, dass die Sache letztendlich nicht so klar war. War es nicht die Neugier, die Eva dazu gebracht hatte, in den Apfel zu beißen? Und hatte mich nicht meine Neugier angesichts des Feuerwerks, der Zaubereien und der Geheimnisse, die Apolinario Canales vor meinen geblendeten Augen inszeniert hatte, in diese missliche Lage gebracht, in der ich mich jetzt befand?

Ein älterer Offizier höheren Ranges betrat mit meinen Dokumenten den Raum.

»Ihren Unterlagen und unseren Aufzeichnungen zufolge haben Sie das Land für einen Tag verlassen, und nun kehren Sie nach fast zwei Wochen zurück. Können Sie uns das erklären?«

Ich schluckte. Ich war mit meinen Gedanken völlig abgeschweift, und nun sah ich mich mit einer ganz konkreten Frage konfrontiert. Ich dachte, dass es dumm von mir gewesen war, mir nicht vorher, in aller Ruhe eine wohlüberlegte, überzeugende Lüge ausgedacht zu haben. Aber man wusste ja nie, inwieweit sie über meine Schritte informiert waren, inwieweit sie sie überwachen konnten, und so konnte ich durch eine Lüge meine Lage auch verschlimmern. Aber wie sollte ich ihnen die Wahrheit sagen? Und was war die Wahrheit? Denn die Wahrheit hörte sich in meinem Fall an wie eine phantastische Lüge, ein riesiger Schwindel!

»Ich bin das Opfer einer Täuschung geworden«, sagte ich, oder besser gesagt hörte ich mich sagen, denn ich hatte den Eindruck, jemand anderes spreche die Worte aus.

»Eine Täuschung!«

»Nun, eher so etwas wie eine Entführung.«

»Eine Entführung!«

Ich konnte natürlich diese Täuschung oder das, was ich so

schön als »so etwas wie eine Entführung« bezeichnet hatte, nicht in allen Einzelheiten erzählen. Folglich wäre es vernünftig gewesen, zu schweigen und die Sache auszusitzen. Aber wider alle Vernunft gab ich einen unzulänglichen Bericht ab, verwirrend und bedauerlich lückenhaft, und das mündete, nach zwanzig Minuten, inzwischen umgeben von drei Polizeioffizieren und einem Beamten in Zivil, oder nahm besser gesagt ein fatales Ende in einem extremen Stottern, dem der großen Krisen, kurz vor dem Verstummen unter Krämpfen, wenn der Mund und das heiß glühende Gesicht durch groteske Grimassen verzerrt werden.

»Warum rufen Sie nicht Norberto Fuenzalida an, einen Genossen aus der chilenischen Partei, der mich gut kennt«, schlug ich vor, und ich spürte, das war meine letzte Karte.

Die uniformierten Polizisten zögerten, aber der Beamte in Zivil zuckte mit den Achseln und fragte mich, ob ich die Telefonnummer dieser Person auswendig wüsste, und bat mich, sie zusammen mit dem vollständigen Namen und der genauen Adresse aufzuschreiben. Er verließ den Raum, überließ mich der Obhut der Uniformierten und kehrte dann nach endlos langem Warten, zwanzig oder fünfundzwanzig Minuten enervierenden Schweigens, zurück. Er warf mir einen eisigen Blick zu und sagte, die von mir genannte Person sei auf dem Weg.

»Fuenzalida? Norberto?«

Er nickte und bedeutete den Polizisten, sie sollten den Raum verlassen. Er hielt dann meine deutsche Aufenthaltserlaubnis gegen das Licht, als wolle er ein Bild oder einen verborgenen Code hinter dem Dokument und dem Foto finden.

»Haben Sie kein anderes Dokument?«, fragte er plötzlich.

»Nun«, erwiderte ich, »eigentlich...« – und Sekunden später sah ich mich, wie ich ihm, mit dem Gefühl, in einem nicht näher definierten, mich von allen Seiten umgebenden Abgrund zu versinken, den Pass von Demetrio Aguilera Sáez reichte.

»Und das? Können Sie mir das erklären?«

Was konnte ich erklären? Wie hatte ich so verrückt sein können, ihm diesen Pass auszuhändigen? Oder war ich am Ende meiner Kräfte angelangt und konnte die Last einer Lüge in meinem Kopf, einer Verstellung, nicht mehr ertragen? Ich erzählte langsam, dass man mich erwiesenermaßen getäuscht und nach Chile gebracht hatte und dass es mir dort in den Gängen eines Gebäudes im Zentrum von Santiago, der Hauptstadt, in dem allgemeinen Durcheinander gelungen war, meinen Entführern zu entkommen. Meine Tochter, die im Widerstand gegen die Diktatur aktiv sei, habe mir dann ein Flugticket und einen falschen Pass besorgt. Denn wäre ich nicht sofort geflohen, mitten in der Repression, die aufgrund der jüngsten Ereignisse losgebrochen worden war, wäre mein Leben in Gefahr gewesen, da mir die Einreise in das Land verboten und allein meine Anwesenheit absolut illegal und ordnungswidrig sei.

»Das ist ja alles gut und schön«, sagte der Beamte und kratzte sich am Kopf, »aber da sind ein paar Sachen, die ich nicht verstehe. Zum Beispiel…«

In dem Moment ging die Tür auf, und Chico Fuenzalida kam mit betretener Miene herein.

»Zuallererst mal«, sagte er und drückte fest meine Hand, ohne seinen ernsten Gesichtsausdruck abzulegen, »freue ich mich, dass du noch lebst und wieder bei uns bist, aber… Immer der Reihe nach! Was ist das für eine Geschichte mit der Entführung?«

»Er ist bis nach Chile gereist«, sagte der Beamte, der jetzt ein ziemlich korrektes Spanisch sprach.

»Bis nach Chile!«

Chico, der immer schon dazu neigte zu übertreiben, der auf seine trockene, ätzende Art ein Komödiant war, sprang in die Luft und wurde dann noch blasser, noch betretener.

»Ja«, sagte der Beamte, »er ist bis nach Chile gereist und mit einem falschen Pass zurückgekehrt, der ihm, wie er behauptet, von Widerstandskämpfern überreicht worden sei.«

»Mal sehen!«

Verwundert hob Chico ein wenig die Hosenbeine an und setzte sich auf einen Stuhl, verschränkte die Arme vor der Brust, überkreuzte unter dem Sitz die Beine, das hatte ich schon seit Jahren bei ihm nicht mehr gesehen, und dabei war das doch so typisch für ihn in Momenten großer Anspannung, in Ausnahmesituationen, und sagte:

»Erzähl mal!«

Das war natürlich ein Befehl, aber ich verspürte eine starke Müdigkeit, als hätte die Erschöpfung von der Reise, nicht nur des Rückflugs, sondern des ganzen Höllentrips, wann immer dieser angefangen hatte, mit dem Treffen mit Apolinario in der U-Bahnstation, oder als die kultivierte Stimme mit dem leicht affektiert klingenden chilenischen Akzent am anderen Ende der Leitung erklungen war oder mit dem zufälligen Treffen in einem Café am Kudamm, wenn es denn zufällig war, also, als hätte diese Erschöpfung sich konzentriert und in meinem Blut angestaut und eine toxische Substanz abgesondert, tote Kügelchen; und ich schreibe es jetzt, besessen von dem Gedanken, es auf Papier festzuhalten, bevor das Gedächtnis mir seinen Dienst versagt, mit zittriger Hand nieder. Ich verspürte also diese tiefe Müdigkeit und erzählte fünf oder sechs zusammenhangslose Sachen: dass ein Kerl aufgetaucht war, ein ehemaliger Aktivist der Unidad Popular, vielleicht auch der Partei, das wusste ich nicht genau, und von einer Sause in Westberlin und einem Gespräch an einem Hafen im Norden, welcher wusste ich nicht, und ich wusste auch den Namen des Hausbesitzers nicht, es sei denn, es handle sich um genau die Person, von der ich vermutete, dass sie es war ...

»Wie das?«

Ich zuckte mit den Achseln und sagte, dann seien wir wieder in die Maschine gestiegen, einen Hubschrauber, wollte ich sagen, und nach Chile geflogen.

»Im Hubschrauber! Und wo seid ihr zwischengelandet? Kannst du mir das erklären?«

Ich bat ihn, mich zu entschuldigen. Ich hätte viel geschlafen und erinnerte mich absolut nicht an irgendwelche Zwischenlandungen. Außerdem hätte ich das Gefühl, dieser Kerl habe in die Spirituosen der Bar der Maschine, wie er es nannte, erklärte ich, und die vielleicht auch nicht wirklich ein Hubschrauber war, eine harte Droge gemischt. Aber ehrlich gesagt, wisse ich das nicht. Manche Teile der Reise verstünde ich nicht.

»So hört es sich an ... Und die Polizei? Und die Einreiseformalitäten?«

»Wir sind nicht über den Flughafen eingereist. Wir sind auf dem Gelände einer Krankenhauseinrichtung gelandet, einer sehr bekannten, aber ich kann mich nicht mehr an den Namen erinnern ... Beim besten Willen nicht!«

Chico sah den Beamten an, der sich meinen Bericht aufmerksam, mit offenkundigem Interesse anhörte, wie jemand, der versucht, einen wichtigen Text aus Hieroglyphen zu entziffern. Zwei Wachen waren nach Chico hereingekommen und standen da wie Statuen, ohne ein Wort zu verstehen, im Unterschied zu dem Beamten, der sich locker auf den Rand eines Tisches gesetzt hatte.

»Erzähl weiter!«, befahl Chico Fuenzalida.

Ich fasste mir an den Kopf. Ich fühlte mich plötzlich hundeelend, von der Erschöpfung übermannt.

»Ich weiß nicht, was mit mir los ist…«, murmelte ich.

Chico und der Beamte sahen mich an und gingen wortlos aus dem Zimmer. Die beiden Wachen brauchten gar keine Anweisungen, um sich an die Tür zu stellen, einer an jede Seite, breitbeinig und die Hände auf dem Rücken, und mich aus den Augenwinkeln zu beobachten. Meine letzte Erinnerung an diese Episode ist, dass ich auf meinem Stuhl zu schwanken begann, als wäre ich hoffnungslos betrunken, und ich hatte Angst zu fallen und mit dem Kopf auf den Boden zu knallen. Ich glaube, ich strengte mich ungeheuer an, und mein Kopf blieb gebeugt und wackelte, aber es gelang mir irgendwie, noch geringfügig bei Bewusstsein zu bleiben und den Körper in einer mehr oder weniger prekären Position auf dem Stuhl zu halten.

Erfahrene Hände legten ihn auf eine Trage, brachten ihn in die richtige Position und krempelten seinen Hemdsärmel hoch, um seinen Blutdruck zu messen. Valderrama, der Psychologe, war ebenfalls aufgetaucht, bestimmt von Chico informiert, und sah aufmerksam zu, während man ihm ein kaltes Instrument auf Rücken und Brust legte und seine Lungen, das Herz und die Eingeweide abhörte.

»Alle Werte sind normal«, sagte eine Stimme.

»Er ist für zwölf Stunden weggegangen und ein paar Tage herumgeirrt«, sagte ein anderer.

»Und das auf verschiedenen Kontinenten«, fügte eine dritte Person hinzu.

»Trinkt er?«

Faustino versuchte, sich aufzurichten. Er wollte protestieren.

»Soweit ich weiß«, kam ihm der Psychologe zuvor, »nur mäßig.«

»Ich trinke weniger als du«, griff er wütend ein, die Stimme nur noch ein Hauch. »Heuchler!« Und es kam ihm so vor, als würde er in diesen Minuten luzider Müdigkeit seine Gefährten im Glücksspiel, aus Partei und Exil endgültig kennenlernen, diese Gefährten, die er brauchte, die er vermisste und die ihm häufig gehörig auf die Nerven gingen. »Er sagt«, fügte eine andere Stimme hinzu, »er sei bis nach Chile gekommen, und er sei von hier nach da, über den Ozean, im Hubschrauber geflogen.«

»Im Hubschrauber!«

»Ja. Im Hubschrauber. Ohne Zwischenlandung.«

»Ach, so!«, riefen sie aus.

»Jetzt«, flüsterte er und schaffte es mit Mühe, auf der Trage einen Ellbogen aufzustützen, »werden sie damit kommen, dass ich verrückt bin.«

Eine Hand tätschelte vertraut seine Schulter und drückte ihn wieder in die liegende Position zurück.

»Valderrama!«, rief er mit einem dumpfen Schrei. »Erklär ihnen, dass ich der vernünftigste, der ruhigste Kerl auf Erden bin.«

»Nur die Ruhe«, mischte sich Chico ein. »Niemand zweifelt an deiner Vernunft. Aber was dir passiert ist, ist sehr seltsam, und du musst bei den Nachforschungen kooperieren.«

»Da kannst du einen drauf lassen!«, rief er, obwohl er es mit Unflätigkeiten nicht so hatte.

»Das Seltsame ist«, sagte eine andere Stimme, »dass er mit einem gefälschten chilenischen Pass gekommen ist und behauptet, der Widerstand habe ihm den beschafft.«

»Gibt es dafür eine Erklärung?«

»Wir verstehen das nicht. Aber der Pass trägt den Stempel der chilenischen Polizei und den Einreisestempel der Bundesrepublik und natürlich sein Foto…«

Da beugte sich Chico Fuenzalida fast mütterlich, fürsorglich, unentbehrlich über Faustino:
»Dir hat doch nicht jemand aus irgendeinem Grund diesen Pass in Westberlin gegeben?«
Das Sprechen fiel ihm so schwer, dass er es vorzog abzuwinken.
»Oder wolltest du fliehen, desertieren, und hast es dann bereut? In der letzten Zeit warst du jeden Tag skeptischer, distanzierter, hattest immer mehr Ideen im Kopf. Das kannst du nicht abstreiten!«
»Und findest du es schlecht, wenn man Ideen im Kopf hat?«, stammelte Faustino mit wachsfarbener Haut, bedeckt von kaltem Schweiß.
»Ich finde das nicht schlecht. Überhaupt nicht. Was hat uns letztlich hierher gebracht? Die Ideen! Aber du hast dich von merkwürdigen, fremden Ergüssen beeinflussen lassen. Bei deinem dekadenten Formalismus und deinem Misstrauen gegen progessistische Inhalte! Du warst schon schrullig geworden. Du sprachst zu viel von Talca, deiner Familie, deinen erfundenen oder echten Briefen. Die Wehmut kann in bestimmten Fällen zu einer reaktionären fixen Idee werden, wusstest du das nicht?«
»Du armseliger Kerl!«, schnaubte er. »Scheißintrigant! Nenn mich nie wieder Faustinito ...«
Chico hatte ihn mit Sicherheit gut verstanden, trotz seiner versagenden Stimme, aber anstatt sich zu ärgern, nahm er mit fast weiblicher Sanftheit seine Hand und bat ihn, sich doch bitte zu beruhigen. Valderramas Gestalt zeichnete sich am Fenster im Hintergrund ab: eine gespenstische, aufgeschossene, strenge Silhouette. In dem Moment sah er die gegen das Licht gehaltene glitzernde Nadel, während sich die Spritze mit einer grünlichen Flüssigkeit füllte. Er erinnerte sich an

Dinge, die er in der Westpresse gelesen, die man ihm erzählt hatte. Spöttische Kommentare einiger seiner Exilgefährten, die zu Experten in Sachen schwarzer Humor geworden waren, und die Proteste von Chico, seine Wut, seine Anklagen: Leichtgläubige, Unreife, Wankelmütige ... Er brüllte so laut, wie seine Kräfte es zuließen. Das Geheul hätte Wände durchdringen können. Aber dieses Geheul war vielleicht nur in seinem Kopf so laut. Die Hände hingegen waren, wie schon erwähnt, erfahren, und als die grünliche Flüssigkeit in den Blutstrom gelangte, verbreitete sie eine Wärme, ein unwiderstehliches Wohlgefühl, völlige Benommenheit.

»Saukerl!«, murmelte er, auch wenn die Beschimpfung im Widerspruch zu seinen wulstigen, vor Wollust angeschwollenen Lippen stand. »Judas! Judas Ischariot! Es fehlt nur noch, dass du mir einen Kuss gibst und mir die neuen Geldscheine aus der Tasche ziehst, die Apolinario mir gegeben hat.«

»Wer?«, fragte Chico und beugte sich noch weiter hinunter, legte das linke Ohr direkt an seinen Mund.

»Apolinario Canales«, antwortete Faustino, von einer euphorischen Trunkenheit beherrscht, die es ihm unmöglich machte zu schweigen.

»Apolinario Canales!«

»Und darf man erfahren,« fragte der Psychologe, von seinem Posten am Fenster vorrückend, »wer dieser Apolinario Canales ist?«

»Ehrlich gesagt, weiß ich das nicht. Ich weiß nichts Konkretes. Ich habe nur so meinen Verdacht. Er hat sich in Westberlin als Genosse der Unidad Popular vorgestellt, und dann kam mir der Verdacht, dass er als Agent eingeschleust worden sein könnte, ein Agent von ihnen.«

»Warum?«

»Weil er«, sagte er und spürte, dass die Injektion Wirkung

zeigte und ihm die Gesichtszüge entglitten, dass ein beseeltes, dümmliches Lächeln sich seines Gesichts bemächtigte, das ihm etwas von einem Erleuchteten und zugleich von einem Kretin verlieh, »weil er über seltsame, fast übernatürliche Kräfte verfügte.«

»Fast übernatürliche Kräfte!«

Chico stampfte mit dem Fuß. Valderrama hob die Augenbrauen, gestikulierte hilflos mit den Händen. Er seinerseits sagte sich, wie ein verblödeter Erleuchteter auszusehen war für ihn und für viele von ihnen der Normalfall. Die Injektion brachte ihn in gewisser Weise zu seinem alten Zustand zurück. Chico brauchte keine Drogen, denn er war verrückt, er selbst war seine Droge, und Valderrama mit seiner Psychologie gehörte zu der Spezies, die mit Nadeln hantieren. Was für eine Welt! Und er dachte, dass die grünliche Flüssigkeit ihn in zwei Personen teilte: die, die luzide beobachtete und schwieg, und der an Idiotie leidende Scharlatan. Während er sich das sagte, gingen die Wachen, und Sanitäter betraten den Raum.

»Wisst ihr, was ich sogar für einen Verdacht habe?«, murmelte Faustino.

»Was?«, fragte Chico und hielt die Sanitäter an, zu schweigen und zu warten.

»Dass er der Teufel in Person war oder einer seiner Stellvertreter, dem er vertraut.«

Chico erhob sich. Er richtete pedantisch sein Jackett, machte irgendwelche Faxen, er zog am Kragen, entfernte mit der Fingerspitze eine Fluse, hüstelte … Was für ein Irrer! Valderrama hingegen, immer pragmatisch, effizient, gab den Befehl, die Trage abzutransportieren.

»Saukerle!«, wiederholte er mit seinem beseelten Lächeln eines Kretins, der luzide und zugleich in Trance ist.

Die Sanitäter betraten mit ihrer Last die großen, schmutzigweißen Räume, die immer voller Menschen, Bewegung, voller unterirdischer Spannung waren, die er so gut kannte und die bereits im Osten lagen. Nur dass er sie jetzt auf einer Trage und mit leichtem Schwindel durchquerte, und natürlich mit einer akuten, schwindelerregenden Krise, die er sich vor wenigen Tagen nicht hätte vorstellen können und die er trotz allem, trotz des momentanen Taumels, mit verblüffender Ruhe hinnahm. Es sah so aus, als habe sich die Erfahrung seines ganzen Lebens in dieser einen Woche konzentriert, vor allem seit der Minute, in der er aus Unbesonnenheit, aus Unsicherheit oder Panik, was auch immer, aus diesem Notariat in Santiago geflohen war. Er dachte an all das, gewiegt von den Sanitätern, die ihm auf einmal wie Gondolieri in schmutzigen Kanälen voller herumschwimmendem Abfall und Auswurf vorkamen, als er bei den hinteren Gängen Apolinario Canales zu sehen glaubte oder wirklich sah, zwischen Toiletten, zweifelhaften Türen, Vitrinen mit unklarer Funktion, vagen Gestalten, diesmal mit einer Jacke aus synthetischem Material, grauen Hosen und beigefarbenem Strohhut bekleidet, Kleidung, die an diesem speziellen Ort keine bessere Tarnung sein konnte: Apolinario Canales höchstpersönlich!, den Unverwechselbaren!

Deine erste Reaktion war, einfach schreien zu wollen, aus vollem Halse schreien, rufen, aber sofort fiel dir ein, dass schreien dir nichts brachte. Wolltest du später mit von der Injektion gelähmter Zunge erklären, dass da der Kerl war, der dich entführt hatte, der dich in seiner wundersamen Maschine bis in die Anden und noch weiter bis zum Schlund der Hölle mitgenommen hatte? Du freutest dich, dass du trotz deiner Hinfälligkeit so gute Reflexe hattest, und sagtest dir, dass Apolinario Canales schließlich überall sein, deine Ausreise aus jenen Gefilden inszenieren und aus dem Hintergrund mit aller Diskretion, die der Fall erforderte, deine Rückkehr überwachen musste. Es war möglich, dass diese Begleitung, die dir vor wenigen Wochen zuteil wurde, dieser perfekte Gastgeber, noch einige Überraschungen für dich bereithielt. Vielleicht, dachtest du, und du dachtest es mit der dir eigenen Vorsicht, die dich letztlich rettet oder tötet oder beides, wie soll man das wissen, könnten wir uns auf einen Untervertrag einigen, ein Schriftstück, das mich weniger verpflichtet. Fantastisch! Und du machtest ihm ein verstecktes Zeichen und glaubtest in deinem klinischen Zustand der Trunkenheit, der andere antwortete dir mit einem Augenzwinkern. In dem Moment fingst du schallend an zu lachen, so heftig wie deine mangelnde Kraft es zuließ, während man die Trage auf der Straße inmitten von klapprigen Bussen und den grauen Fassaden des Sozialismus, jetzt Realer Sozialismus genannt, in den Krankenwagen schob, denn du sahst, dass Apolinario sich genau dieselben Schuhe angezogen hatte, die du zusammen mit den restlichen Sachen wütend in einen Abfallkorb an einer Ecke in Puerto Montt geworfen hattest, in der Nähe der Statue eines berühmten Mannes, vielleicht eines deutschen Pioniers, vielleicht Vicente Pérez Rosales, du erinnerst dich nicht mehr.

Er wachte auf und sah Valderrama, den Psychologen, im Gespräch mit einem der Klinikärzte.

»He Valderrama!«, flüsterte er. »Valderrama!«
»Wie fühlst du dich, Faustino?«
»Gut. Ich habe das Gefühl, ich hätte eine Woche geschlafen. Oder bilde ich mir das nur ein?«
»Wir werden später noch sprechen«, sagte der Psychologe. Er wandte ihm den Rücken zu und setzte seinen Dialog mit dem diensthabenden Arzt fort.

»He«, sagte Faustino. »Wenn ihr glaubt, dass bei mir die Sicherungen durchgebrannt sind, irrt ihr euch.«

Valderrama hob einen weißen Apfel mit länglichem Kerngehäuse hoch. »Warte«, bat er ihn. Er habe noch Sachen mit dem Arzt zu besprechen.

»Hör mal«, insistierte Faustino. Die Wirkung der Spritzen hatte nachgelassen, und jetzt hatte er Angst, mehr Angst denn je. »Vielleicht hatte ich in der Vergangenheit ein paar seltsame Ideen. Kritische Ideen! Und weil ich so müde ankam, hundemüde, habe ich mein Verschwinden, meine Reise, schlecht erklärt … Aber deshalb müsst ihr doch nicht diesen ganzen Zirkus veranstalten. Damit ihr mich unter Beobachtung stellen könnt, eingesperrt in dieser Klinik, als wäre ich ein Scheusal.«

Die weiße, knochige, kalte Hand blieb hart. Sei still!, wiederholte sie. Er müsse noch über die Dosis, Medikamente, Reflexe, Urin, Blut und Urin, sprechen. Unter anderem. Und auf einmal kamen sie an sein Bett.

»Wir wollen uns nur deine Pupillen ansehen«, sagte Valderrama.

»Untersucht mich, was das Zeug hält«, sagte er. »Aber du weißt besser als jeder andere, dass mir nichts fehlt. … Wenn ihr mich einer dieser Behandlungen unterzieht, von denen man reden gehört hat … Verstehst du? Jetzt sag mir nicht, dass du nicht verstehst, Blödmann! Wenn ihr versucht, mich verrückt zu machen, damit ihr beweisen könnt, dass ich verrückt bin, dann …«

»Sei still!«, erwiderte Valderrama verärgert. »Ich warne dich, der Genosse Arzt versteht ziemlich gut Spanisch.«

»Na hoffentlich versteht er es!«, rief Faustino aus und zog die Bettdecke hoch bis an die Nasenspitze. Er ließ nur noch die Augen mit den erweiterten Pupillen, einen delirierenden Gesichtsausdruck und die blasse feuchte Stirn hervorschauen.

»Hoffentlich!«, wiederholte er.

Der Arzt verließ den Raum, und Valderrama, der Psychologe, setzte sich an das Kopfende seines Bettes. Er, Faustino, wusste oder ahnte zumindest, dass es Dinge gab, über die der Psychologe nicht gern sprach. Und der Psychologe wusste genau, dass er das zumindest ahnte. Er hatte zum Beispiel den Verdacht, dass er im Untergrund politisch tätig gewesen war, eine Ausbildung in Trainingslagern absolviert und Personen, die vom Guerilla-Kampf durcheinander waren oder sich auf einen solchen vorbereiteten, behandelt hatte. Er ahnte oder wusste es und tat so, als ob er nichts wusste, wie alle. Er nahm einen Schluck von seinem Cuba libre, nahm seine Karten, fächerte sie auf, und sagte irgendwas, er griff an, er bluffte und dachte dabei: Was ist doch das Leben, was ist uns alles widerfahren...?

»Wenn man mich einer dieser Behandlungen unterzieht, haue ich aus der Klinik ab, meinetwegen auch im Schlafanzug, und springe über die Mauer, auch wenn man mich wie ein Kaninchen tötet, aber sollen sie mich doch töten!, sollen sie doch drüben alles wissen! Oder ich schnappe mir ein Telefon und spreche mit jemandem von der anderen Seite. Ich erzähle ihm alles bis ins letzte Detail. Was das für ein Skandal wird! Ah, ich sehe gerade, hier direkt an meinem Kopfende steht ja ein Telefon...«

»Willst du rauchen?«, fragte Valderrama.

Er zuckt mit den Achseln, der Mistkerl, auf eine Weise, die von Geduld zeugt, von vollendeter Geduld. Und ich habe nicht nur den Verdacht, ich weiß das, ich bin mir sicher. Seine Frau ist entsetzt in den Westen abgehauen und ist mit einem anderen zusammen, der von Politik nichts wissen will, als der das erfahren hat, als ihm das klar wurde. Er holt jetzt eine

Schachtel importierter Zigaretten aus seiner Jeansjacke, die er in irgendeinem billigen Geschäft im Westen gekauft hat, übersät mit metallenen Reißverschlüssen, Knöpfen, Taschen, Täschchen, Falten, denn Valderrama, unser distinguierter Psychologe, ist ziemlich barock für seinen Geschmack.
»Du weißt sehr gut«, antworte ich, meine Worte wohl abwägend, »dass ich nicht rauche. Um meine Identität ist es bestens bestellt.«
»Und wie hast du geschlafen?«, fragt er.
»Ich habe so viel geschlafen wie lange nicht mehr in meinem Leben. Und ich hatte tolle Träume.«
Der Psychologe meiner nächtlichen Bridge- und Cubalibre-Sausen stößt eine Rauchwolke aus, schlägt mit der ihm eigenen Anmaßung die Beine übereinander und macht sich bereit zuzuhören. Er rückt den Stuhl ein paar Zentimeter weiter heran. Er bringt den Aschenbecher auf meinem Nachttischchen in Position.
»Ich habe geträumt«, erzähle ich, »dass ich in der Avenida Perú, in Viña del Mar, war, inmitten einer sich drängenden, kunterbunten Menschenmenge, in der sich sogar, ich weiß nicht warum, Schwarze, Chinesen und Koreaner befanden, und dass die Wellen mit enormer Kraft gegen die Felsen schlugen und uns alle nassspritzten, aber das störte niemanden. Es war mehr als dreißig Grad warm, und das Wasser trocknete im Nu. Auf der Straße zogen langsam allegorische Wagen vorbei, Fregatten, Drachen aus Karton, Molche, Sirenen, Neptune, Meereswesen jeder Art, auf Holz gezeichnet und irgendwie ausgemalt, und der Hauptwagen war eine alte Galeone mit Reling und bunten Laternen, auf deren Brücke inmitten von in goldenes Papier verpackten Blumen eine wunderschöne Frau stand, die Königin des Festes, die den Balkonen und der Menge zulächelte. Du sahst sie an«, sage ich, »überwältigt

von dem Traum, »und warst hin und weg … Weißt du, was das ist? Liebe! Leidenschaftliche Liebe! Und anstatt sich weiter quietschend, schwankend, von den Leuten gebremst, die Avenida Perú entlang zu bewegen, segelte die Galeone plötzlich auf dem Meer, aber es war nicht mehr das unsrige. Es war ein ruhigeres Meer, merkwürdig leise, wo es Felsen gab, die auch aus Karton waren, und außerdem war es ein bewohntes Meer, man hatte den Eindruck, dass Leute auf den Wolken saßen und zuschauten und dass Poseidon mit seinem Dreizack aus den Tiefen kam, dass das Wasser zwischen den Algen, den Schnecken und den Polypen an seinem Körper entlang strömte …«

Valderrama warf mir von seinem Platz am Kopfende einen merkwürdigen Blick zu.

»Das ist nur ein Traum, Blödmann!«, schreie ich. »Ich kann Wirklichkeit und Traum perfekt auseinanderhalten. Die Wirklichkeit, das bist du und diese Scheißklinik! Und im Traum ging die Königin lächelnd einen Kai entlang und kam auf mich zu …«

»Man kümmert sich um dich, du bekommst zu essen, hast schöne Träume«, sagt Valderrama, »und dann beklagst du dich noch.«

»Und weißt du, wer diese Traumgestalt war, diese schöne Frau, die mit strahlendem Lächeln den Kai entlang ging, mich an der Hand nahm und versuchte, mich mit auf ihr Schiff, in ihr Reich, in ihre Paläste auf dem Meeresgrund zu nehmen?«

»Wer?«

»Na, wer schon!«, rufe ich aus und betrachte von meinem Kopfkissen aus seine Miene, seine Arroganz, seinen Blick voller Vorbehalte, Vorsicht und Unterstellungen. »Helena von Troja! Erinnerst du dich an Helena von Troja, die Königin, die den Krieg entfachte, die Geliebte von Paris und die Frau von König Menelaos?«

Es klopft an der Tür, und Chico Fuenzalida schleicht auf Zehenspitzen herein, als würde ich noch schlafen.

»Weißt du, wen er heiraten will?«, sagt Valderrama, und nachdem Chico die veränderte Situation bemerkt hat – ich wach und des Wortes mächtig, und Valderrama mit übergeschlagenem Bein rauchend –, fragt er:

»Wen?«

»Helena von Troja!«

»Ich sehe, er macht Fortschritte«, sagt Chico.

»Ja, ihr Idioten! Redet nur so weiter, als wäre ich verrückt. Ich habe einen Traum erzählt. Man hat mich eine Woche schlafen lassen, mit Tricks, indem man mir irgendwelchen Mist injiziert hat, und ich hatte Träume. Hast du schon mal was von Träumen gehört, Chico? Hast du in deinem verdammten Leben mal einen Traum gehabt?«

»Na schön«, sagt Chico, der seinen Stuhl auf die andere Seite des Bettes gestellt und ebenfalls die Beine übereinander geschlagen hat, kleine, in zerbrechlichen Knöcheln, in Kinderschuhen endende Beine, »diese Reise nach Chile war kein Traum. Die Partei hat geholfen, die Dokumente zu beschaffen, damit du schnell ausreisen konntest, denn sie waren der Ansicht, dass du wirklich in Gefahr warst, vor allem nach dem Attentat. Aber bis heute weiß niemand, was zum Teufel du dort zu suchen hattest. Sie vermuteten, du würdest irgendeine Mission für uns erledigen und dass die Koordination mit ihnen fehlgeschlagen war oder dass wir es aus Sicherheitsgründen vorgezogen hatten, ihnen nichts zu sagen. Sie glaubten sogar«, sagt er an Valderrama gewandt, »dass er irgendwie mit dem Attentat zu tun hatte. Stell dir das mal vor! Nun«, fährt er fort und sieht mich wieder an, »es war nicht so leicht, an die Papiere zu kommen, wie du dir vielleicht vorstellen kannst. Soll heißen, du hast großes Glück gehabt.«

»Ich hab einen Mordsschreck bekommen.«

»Schön ... Und?« Chico verschränkt die Arme vor der Brust. «Bist du jetzt in der Lage zu erzählen, wie es abgelaufen ist?«

»Wenn ich wieder zu Hause bin, nachdem man jetzt ja festgestellt hat, dass bei mir nicht die Sicherungen durchgebrannt sind, und wenn ich ein wenig zur Ruhe kommen und meine Gedanken ordnen kann ...«

»Wir werden dich entlassen«, sagt Valderrama.

»Wann?«

»Wann du willst.«

Ich werfe die Bettdecke von mir und springe aus dem Bett.

»Sofort!«

Ich merke, dass ich in der Tat ein wenig benommen bin, und das Tageslicht an diesem sonnigen Herbsttag, wo die Gleise funkeln und das Gelb der Blätter erstrahlt, tut mir in den Augen weh. Ich bin es nicht mehr gewohnt, denke ich. Ich gehe barfuß über den Dielenboden. Der dunkelblaue Anzug und die schwarzen spitzen Schuhe, das Hemd, die granatroten Socken, alles, was ich in Puerto Montt mit Apolinarios neuen Scheinen gekauft habe, wartet auf mich im Schrank. Mit ein wenig Reinigen, Bügeln und Abbürsten und ein paar Stichen an den Löchern, die dieser verfluchte Köter mir verpasst hat, werden sie wieder wie neu aussehen.

»Und meine Papiere?«

»Die hat die Zentralverwaltung, vermute ich«, sagt Chico und setzt seine gelbe, seine heuchlerischste Miene auf.

»Die Zentralverwaltung! Und wie soll ich mich in der Zwischenzeit fortbewegen?«

»Wie du dich fortbewegen sollst? Willst du etwa weiterreisen?«
»Am Empfang der Klinik, beim Ausgang« meldet sich Valderrama zu Wort, »wird man dir ein provisorisches Dokument ausstellen. Das ersetzt deinen Personalausweis. Fürs Erste.«
Ich versuche, meine Schlussfolgerungen zu ziehen, aber mein Kopf gehorcht mir nicht. Bin ich gefangen, entführt, jetzt wirklich, stehe ich unter Überwachung? Bin ich noch der alte Faustino Piedrabuena? Und wer war der alte? Ich kann jedenfalls so nicht weitermachen, mit den nackten Füßen auf den ungemütlichen Dielen.
»Erstmal verschwinden wir«, sage ich. »Besser als nichts. Und dann sehen wir weiter…«

… Er hatte um eine Gnadenfrist gebeten, bevor er seine Geschichte erzählte, und er hatte dabei gespürt, dass er um den Aufschub einer Exekution bat. Und zu seiner Überraschung hatten Chico Fuenzalida und Valderrama ihm diese Gnade gewährt, so wie man im Chile seiner Kindheit einem zum Tode Verurteilten den letzten Wunsch erfüllte, zum Beispiel eine Portion Muscheln zu essen oder in aller Ruhe eine Havanna zu rauchen, bevor er in den Hinrichtungshof geführt und auf das Schafott gesetzt wurde.

Faustino saß also am Abend des übernächsten Tages nach seiner Entlassung auf einem Stuhl aus Strohgeflecht am Fenster seiner kleinen Wohnung und wartete auf sie. Sie würden gegen neun kommen, und so hatte er noch eine kleine Verschnaufpause. Er betrachtete die Bäume auf dem Platz, die allmählich ihre Blätter verloren, und die grauen Fassaden. Da war die riesige Anzeige noch von vor dem Krieg, Werbung einer Versicherungsgesellschaft, die in inzwischen verblassten, einst roten und schwarzen Buchstaben auf eine Ziegelmauer gemalt worden war. In der Ferne hörte man den Gesang von Rocksängern, die seit neuestem auf den Straßen zu sehen waren und die mehr oder weniger hoffnungsfrohe Kommentare hervorriefen, als wären sie die ersten Anzeichen einer Öffnung, Schwalben, die eine wärmere Jahreszeit verheißen.

Als er vor zwei Tagen allein in seiner Bude war, hatte er die Hände in die Taschen gesteckt und immer noch einen der neuen Geldscheine von Apolinario Canales gefunden. Was mag er wohl gerade anstellen, wo mag er sich rumtreiben? Auf dem Kudamm, auf der Calle Ahumada oder in den Urwäldern von Peru und Kolumbien? Er sagte sich, das Geld reichte, um einen der besten Hot Dogs des Westens zu kaufen, und dann wäre immer noch etwas übrig, sofern er ein Geschäft wie das von Pudahuel fand, um den Schein zu wechseln, und er dachte, wie infantil er und wie beschränkt der menschliche Geist war, wie beschränkt und unerhört kompliziert…

Kurz und gut, jetzt verblieben ihm noch drei Stunden Freiheit, vielleicht weniger, und dann, wenn er seine absurde Geschichte erzählt hatte, wusste er nicht, welche Konsequenzen das haben, welche Reaktionen, welche Sanktionen folgen würden. Er hatte, abgesehen von wenigen Unterbrechungen, in denen er in einen unruhigen Schlaf gefallen war, achtundvierzig Stunden lang darüber nachgedacht und war zu dem Schluss gekommen, dass er nicht viel zu verbergen hatte. Er würde von der ersten Begegnung mit Apolinario erzählen, der Verabredung in einer U-Bahnstation, dem Fressgelage an den fabelhaften Theken im obersten Stock jenes Kaufhauses, die dann in einem Labyrinth, schließlich einer lässlichen Sünde gemündet hatte, und er würde erzählen, dass sie dann mit einer gelben Maschine geflogen sind, einem ganz normalen Hubschrauber, nur dass sich hinter den Sitzen eine in

Mahagoni verkleidete Bar befand, und er habe ein Glas getrunken und sei danach in einen tiefen Schlaf gefallen, mit Sicherheit aufgrund einer verabreichten Droge.

Kurzum, er hatte sich ordentlich einen hinter die Binde gekippt und war an den Bergflanken der Andenausläufer von Santiago de Chile aus dem Rausch erwacht. Mehr könne er nicht sagen, denn mehr wisse er nicht. Bei der erstbesten Gelegenheit sei er vor der ihn bedrängenden, verdächtigen Gestalt geflohen und habe sich an seine Tochter gewandt, selbstverständlich, denn sie war seine Tochter, das ist doch ganz natürlich, und weil sie hinter dem Rücken ihrer reaktionären Mutter, wenn nicht in der Partei, dann in der zu allem entschlossenen Opposition, in den Arbeiterbündnissen, den Basisorganisationen, mitkämpfte. Er hatte keine Gelegenheit gehabt, ihr viele Fragen zu stellen, denn die Ereignisse hatten sich seit dem Treffen mit ihr überstürzt, aber sie wüssten ja, dass der Pass mit Hilfe der Partei beschafft worden war oder zumindest mit ihrem Wissen, ihrer Zustimmung. Und dann?

Wenn sie mir nicht glauben, sagte er sich mit trockenem Mund, was soll ich machen! Und wenn sie mir die Papiere nicht zurückgeben? Da saß er mit leerem Kopf festgenagelt auf seinem Stuhl. Schließlich gehörte er zum Überbau, aber es gab auch Aktivisten ohne Pauken und Trompeten, Arbeiter im Exil, die um vier Uhr in der Früh aufstanden, noch im Dunkeln, und mit der U-Bahn zu einer schmutzigen, wirklich schmutzigen Fabrik fuhren und um vier Uhr heimkamen, wieder im Dunkeln, und die keine Eintrittskarten für Konzerte bekamen, die nichts von Vernissagen wussten, die nicht in die Botschaften eingeladen wurden und natürlich auch kein subventioniertes Telefon hatten wie das seinige, das ihm eine angemessene Anzahl an Anrufen in die Außenwelt erlaubte.

Apropos, er schaute zum Telefon und fragte sich, ob es wohl immer noch subventioniert war, ob er noch auf der Liste stand. Denn sie wussten, was sie taten. Sie wandten ihre Strafen mit vollendeter Präzision an, wo es am meisten wehtat. Und in Wirklichkeit hatte ihm niemand eine Droge verabreicht. Und er hatte absolut nichts geträumt. Er war eingestiegen und hatte in letzter Minute gekniffen, aus reiner Dummheit!, weil dieses Notariat vielleicht schlecht belüftet war oder weil die sich vor dem Empfangspult drängenden Menschen ängstlich schauten oder weil das über den Höhen des Halbkreises der Börse geöffnete Fenster mit seinem Samtvorhang in ihm einen klaustrophobischen Anfall ausgelöst hatte.

Wenn jetzt das Telefon wieder klingelte wie an dem Abend, an dem sie Karten gespielt hatten, und wenn Apolinarios Stimme ertönte, die affektierte, unverwechselbare Stimme, würde er die Urkunde flugs unterschreiben. Hier ist meine Vergangenheit, würde er sagen, falls sie dir etwas nützt. Hier ist meine Erinnerung, mit aller Scham, aller Wehmut, mein unübertragbares Gedächtnis. Nimm es mit! Steck es in deine verstaubten Pappkartons! Du hast schon einen Sammlertick…

Zwei Abende zuvor, nachdem er aus der Klinik kam, hatte er das Programm *Hör zu, Chile* von Radio Moskau eingestellt, wie früher, nur diesmal hatte er es ängstlich getan, voller Furcht, auf einmal Asuntas Namen zu hören, Asunta Piedrabuena, seine Tochter, verhaftet, gefoltert, verschwunden. Wie dumm war er gewesen, nicht zu unterschreiben, wie feige! Für eine erbärmliche Vergangenheit, die ihm völlig schnuppe war, hätte er sie retten können! Mehr als sie zu retten! Sie wären über dicke Teppiche, durch Feenlandschaften gelaufen, über Berge und Meere, und Helena von Troja hätte monumental, in durchsichtige Gaze gehüllt, mit ausgestreckten Armen am Ende eines Säulenganges auf ihn gewartet.

Aber das Telefon war während der achtundvierzig Stunden, die er jetzt in seiner Bude war, stumm geblieben, stummer denn je, und er ahnte tief in seinem Innern, dass es nicht klingeln würde, dass der spröde und verschlagene Apolinario sich, nachdem er im Halbschatten diskret seine Ankunft überwacht hatte, in Luft aufgelöst hatte. Wollen wir doch mal sehen, sagte er, ob ich wenigstens noch auf dieser gesegneten Liste stehe. Er nahm den Hörer, gab seine Nummer und dann die von Asunta an.

»Santiago«, sagte er, »Chile«, mit dem akuten Gefühl, unwirkliche Orte zu nennen.

»Bleiben Sie am Apparat«, antwortete man, und er dachte, das war wie ein Wunder, es sah so aus, als ob Apolinarios Schatten wieder einmal in der Nähe herumstreunte. Aber er hörte nicht Asuntas Stimme, sondern die andere, die brüchige, tiefe, raue.

»Sie ist nicht da«, erwiderte oder besser gesagt, brummte oder bellte sie wie ein alter, kranker Cerberus.

»Können Sie ihr ausrichten, Faustino habe von Berlin aus angerufen?«

Jetzt erwiderte sie nichts. Sie schwieg ein paar lange Sekunden und dann legte sie auf. Faustino ging im Zimmer umher. Er schaute aus dem Fenster. Es war dunkel geworden, und es war weniger als eine halbe Stunde hin, bis Valderrama und Chico aufkreuzen würden. In dem Moment klingelte das Telefon so ungewohnt schrill, dass es beinahe das ganze Gebäude erzittern ließ. Mit pochendem Herzen und zittrigen Händen hob Faustino ab. Es würde mich wundern, dachte er, wenn man Asunta die Botschaft so schnell übermittelt hätte.

»Faustino«, meldete er sich, wie es den deutschen Gepflogenheiten entspricht...

Die Stimme drang klar, aber aus weiter Ferne an mein Ohr. Er grüßte mich so herzlich, ganz natürlich, als ob nichts geschehen wäre.

»Entschuldigen Sie«, stammelte ich, und ich musste mir den Hörer fest ans Ohr drücken, denn meine Hand zuckte wild. »Aber eine von diesen Meeresfrüchten, die wir in dem Club im Süden gegessen haben, ist mir schlecht bekommen. Ich musste das Notariat schnell verlassen, und weil ich Ihre Telefonnummer nicht hatte ...«

Ungerührt sagte die Stimme dasselbe, was sie während der Reise so oft gesagt hatte, ich solle mir keine Sorgen machen, mich nicht so aufregen, ruhig bleiben.

»Chico Fuenzalida und Valderrama, der Psychologe, kommen gleich. Sie werden jeden Moment klingeln.«

»Wenn sie klingeln«, sagte die Stimme, »machen Sie ihnen auf. Ganz ungezwungen. Empfangen Sie sie auf Ihre Art, mit der Freundlichkeit und dem Wohlwollen, die Ihnen eigen sind. Diese Züge brauchen wir nicht zu verändern. Im Gegenteil. Wir bauen darauf. Empfangen Sie sie also, und erklären Sie ihnen alles. Erzählen Sie von unserer Abmachung. Und sagen Sie ihnen, Ihre Rückkehr nach Chile in der von mir vorgeschlagenen Form komme ihnen allen zugute. Als praktisch denkende Menschen, erfahrene Aktivisten, werden sie den Nutzen der Sache im Nu erfassen.

»Glauben Sie?«

»Das glaube ich nicht, werter Freund. Ich bin davon völlig überzeugt. Warum? Weil ich sie besser als Sie und jeder andere kenne!«

Meine erste Reaktion war, ihn zu bitten, mir dringend die Urkunde zu senden. Um sie ihm postwendend unterschrieben zurückzuschicken. Ich schaffte es nicht, das auszusprechen, weil ich jetzt, nach meinem vorherigen Zögern, nicht voreilig wirken wollte. In dem Moment läutete es an der Tür, ebenso schrill wie das Telefon, und das Herz rutschte mir in die Hose.

»Machen Sie auf«, sagte die Stimme, »und machen Sie, was ich gesagt habe. Ich werde Sie später oder morgen früh anrufen.«

Ich öffnete die Tür und merkte sofort, dass die Stimme, er, sie in der Tat besser kannte als ich. Fuenzalida und Valderrama waren ausgezeichneter Laune. Sie trugen ihre besten Kleider, waren frisch geduscht und, so schien es mir, parfümiert. Wir sahen uns an und klopften uns auf den Rücken, berührten uns mit den Köpfen und tauschten belanglose Höflichkeitsbezeugungen aus. Ich führte sie zu einer Sitzgelegenheit und bot ihnen einen Cuba libre an.

»Noch nicht«, sagte Chico und zog den rot eingefassten Ausweis aus der Tasche. »Der diesen Pass gefälscht hat, ist ein Künstler.«

»Und wer sagt dir, dass er gefälscht ist?«, erwiderte ich.

Chico Fuenzalida wechselte mit diesen tanzenden Augen, die er bei wichtigen Anlässen bekam, einen Blick mit Valderrama und rutschte auf seinem Stuhl hin und her.

»Das musst du erklären!«, sagte er.

»Das heißt«, unterbrach ihn Valderrama, »dein richtiger Name ist Demetrio Aguilera Sáez?«

»Du sagst es«, erwiderte ich klatschend und mit einem lauten Lachen. »Ein in der Provinz hoch angesehener, in der Stadt bereits bekannter Anwalt, dessen Name als möglicher Kandidat für die politische Wende Tyrer und Trojaner vereinen könnte.«

Ich erhob mich von meinem Stuhl und ging mit offenen Armen auf meine Gesprächspartner zu.

»Was haltet ihr davon?«

»Nicht schlecht!«, sagte Chico.

»Es ist sogar«, merkte ich an, »ein Name der Mittelklasse, ohne historische Konnotationen, der keine gedanklichen Assoziationen auslöst, der niemanden erzürnt...«

»Und brauchst du keinen Minister oder starken Berater im Hintergrund?«, fragte Chico.

»Schon möglich. Aber du, Chico, bist aufgrund deiner Mitgliedschaft in der Partei aus dem Rennen, also vergiss es.«

»Und dieser Apolinario?«

»Du hast Recht! Das war mir gar nicht aufgefallen! Jetzt merke ich, dass dieser famose Pakt vor allem ihn begünstigt...«

»Was für ein Pakt?«

»Geduld und Spucke«, sagte ich. »Es gibt noch viel zu bereden.«

»Die Nacht ist noch jung«, sagte Valderrama.

»Verrate mir was«, sagte ich zu Chico. »Ein Detail, das mir gerade eingefallen ist. Als du zum Telefonieren oder Pinkeln vor ein paar Wochen in dieses Café am Kudamm gegangen bist, hast du das absichtlich gemacht, um mich mit Apolinario Canales allein zu lassen?«

Chico Fuenzalida lachte und rieb sich die Hände.

»Das wäre dann eine Verschwörung nach allen Regeln der Kunst gewesen«, sagte er.

Ich sah Apolinario am anderen Ende der Telefonleitung, in Santiago, auf den Seychellen, wo auch immer, lächeln, sich an das Kinn fassen und rasch Notizen in seinen privaten Kalender schreiben. Ich stellte mir vor, wie Mechaniker in einem Spezialhangar die Maschine flugbereit machten. Mir würde es auch gefallen, einen gediegenen Kalender zu haben, der nach exklusivem Leder duftet, sagte ich mir, und ich würde ihn einweihen, in dem ich ganz spezielle Nummern eintrug: erst die von Apolinario und die von Margit, dem Mädchen mit dem weißen Kleid und der milchfarbenen Haut, das spurlos verschwunden war, und vielleicht, warum nicht, die von Margarita de la Sierra, die in der Hotelbar mit ihrer Medusenhauptperücke voller roter Schlangen auf dem Kopf im Kontrast zu ihrer blassen Haut sehr attraktiv ausgesehen hatte. Die Leopardenfrau hingegen hatte mich total enttäuscht, und Helena von Troja war unglücklicherweise ein Traum, nur ein Traum. Ich besäße diese Telefonnummern, ohne Zweifel, und würde auf jenem herrlichen Platz in der sauberen Morgenluft Golfstunden nehmen, um in Form zu bleiben. Und ich würde als erste praktische Maßnahme einen Pool von intelligenten Leuten schaffen: Juristen, Städteplaner, Computerspezialisten, einen Avantgardemusiker ... Warum nicht? Es wäre gar nicht schlecht, wenn ein Politiker, ein Mann der Macht, einen künstlerischen Berater hätte, um die besten Kulturevents der Welt zu organisieren. Und die Lehrerin aus Berlin, die immermüde, würde ich für zwei Wochen einladen. Zu einer Erholungskur in den Thermen von Cauquenes, wo sie Meeresfrüchte und Algenkuchen essen kann!

Ich sah Valderrama an, und unser Psychologe schaute ungerührt zurück. Er war ein hoffnungslos eitler Fatzke. Wenn du auf einen Posten während meiner Amtszeit spekulierst, dachte ich, kannst du lange warten. In dem Moment stellte Valderrama mir dieselbe Frage, die er mir vor ein paar Tagen in der Klinik gestellt hatte, als ich aufwachte:

»Wie fühlst du dich?«

Diesmal lag nicht das leiseste Zögern in meiner Antwort, und mir kam schon der Verdacht – ich nahm das mit Erstaunen zur Kenntnis und beobachtete mich selbst voller Neugier –, dass der andere, Demetrio Aguilera Sáez, von meinem tiefsten Ich Besitz ergriff und dreist anfing, für mich zu antworten. Demetrio Aguilera Sáez zeigte eine scherzhafte Ader und antwortete dem Psychologen mit einer ziemlich wilden Metapher:

»Wie eine reife Birne!«, sagte er.

Lateinamerikanische Literatur bei Wagenbach

Jorge Edwards   Der Ursprung der Welt   Roman
Ein scheinbar harmloser Museumsbesuch verändert das Leben eines angesehenen Arztes. Vor einem berühmten Bild kommt ihm ein unheilvoller Gedanke: Stand seine eigene Ehefrau Modell für Aktfotos? Ein turbulenter Roman über die Kraft der Phantasie und der Eifersucht.
Aus dem chilenischen Spanisch von Sabine Giersberg
Quart*buch*. Gebunden mit ›Schutzumschlag. 176 Seiten

**Edgardo Cozarinsky
Man nennt mich flatterhaft und was weiß ich**   Roman
Nach dem erfolgreichen Erzählband *Die Braut aus Odessa* nun der erste Roman von Edgardo Cozarinsky.
Eine bewegende Geschichte aus Buenos Aires, der Welt des jiddischen Theaters und des argentinischen Tangos.
Aus dem argentinischen Spanisch von Sabine Giersberg
Quart*buch*. Gebunden mit Schutzumschlag. 128 Seiten

Sergio Pitol   Die göttliche Schnepfe   Roman
Der Roman Pitols spielt in Istanbul, wo ein eingebildeter Professor die göttliche Marietta Karapetiz gleichzeitig erziehen, verführen und zähmen will. – Das kann nicht gutgehen. Eine ergreifende Liebesgeschichte und ein bitterböser Gesellschaftsroman, ein herrliches Lesevergnügen!
Aus dem mexikanischen Spanisch von Angelica Ammar
Quart*buch*. Gebunden mit Schutzumschlag. 208 Seiten

Ricardo Piglia   Brennender Zaster   Roman
Vier Banditen, ihre blutige Spur durch zwei Großstädte und ihr ebenso erhabenes wie schlimmes Ende: erschreckend, grell, sehr spannend – von einem der wichtigsten zeitgenössischen Autoren Lateinamerikas. Ein preisgekrönter Roman aus Argentinien.
Aus dem argentinischen Spanisch von Leopold Federmair
Quart*buch*. Gebunden. 192 Seiten

Spanische Literatur bei Wagenbach

Berta Marsé   Der Tag, an dem Gabriel Nin den Hund seiner Tochter im Swimmingpool ertränken wollte   Kurzprosa
Schon lange hat es in Spanien keine derart abgebrühte junge Erzählerin mehr gegeben. Berta Marsés Kurzgeschichten sind regelrechte Kabinettstücke an Erzählkunst – mit trügerischen Alltagsidyllen, die sie knapp und lakonisch beschreibt.
Aus dem Spanischen von Angelica Ammar
Quart*buch*. Gebunden mit Schutzumschlag. 176 Seiten

Juan Marsé   Liebesweisen in Lolitas Club   Roman
Wenn Zwillinge ein und dieselbe Frau lieben – eine raffinierte Dreiecksgeschichte, erzählt vom katalanischen Großmeister der spanischen Literatur.
Aus dem Spanischen von Dagmar Ploetz
Quart*buch*. Gebunden mit Schutzumschlag. 256 Seiten

Manuel Vázquez Montalbán   Hof der Lust   Roman
Ein Liebesroman über vier Paare: Den Literaturwissenschaftler Julio und seine Geliebte Myrna. Die jungen Menschenrechtskämpfer Pedro und Myriam. Den Ritter Erek und seine Enite aus der Artussage. Sie alle sind zwischen Aventiure und Triuwe, Abenteuer und Treue, auf der Suche nach der wahren Minne.
Aus dem Spanischen von Theres Moser
Quartbuch. Gebunden. Leinen. 288 Seiten

Madrid   Eine literarische Einladung
Sie stehen am Rande eines Nervenzusammenbruchs? – Dann auf nach Madrid – spanische Schriftsteller führen Sie!
Herausgegeben von Marco Thomas Bosshard und Juan-Manuel Garcia Serrano
S*V*LTO. Rotes Leinen. Fadengeheftet. 144 Seiten

Wenn Sie mehr über den Verlag und seine Bücher wissen möchten, schreiben Sie uns eine Postkarte (mit Anschrift und ggf. e-mail). Wir verschicken immer im Herbst die *Zwiebel*, unseren Westentaschenalmanach mit Gesamtverzeichnis, Lesetexten aus den neuen Büchern und Photos. *Kostenlos!*
Verlag Klaus Wagenbach   Emser Straße 40/41   10719 Berlin
www.wagenbach.de

Die spanischsprachige Originalausgabe erschien 1987 unter dem Titel *El anfitrión* bei Planeta in Santiago de Chile. Weitere Ausgaben folgten 1988 und 2001 bei Tusquets Editores, Barcelona.

Die Übersetzung aus dem chilenischen Spanisch wurde mit Mitteln des Auswärtigen Amtes unterstützt durch die Gesellschaft zur Förderung der Literatur aus Afrika, Asien und Lateinamerika e.V. (litprom)

© 2001 Jorge Edwards
© 2008 für die deutsche Ausgabe:
Verlag Klaus Wagenbach, Emser Str. 40/41, 10719 Berlin
Umschlaggestaltung Julie August unter Verwendung eines Bildes von gettyimages.
Gesetzt aus der Stempel Garamond von der Offizin Götz Gorissen, Berlin.
Einband und Vorsatzmaterial von Peyer Graphic, Leonberg.
Gedruckt auf chlor- und säurefreiem Papier (Schleipen) und gebunden bei Pustet, Regensburg.
Printed in Germany. Alle Rechte vorbehalten.

ISBN: 978 3 8031 3217 8